loqueleo®

HAY PALABRAS QUE LOS PECES NO ENTIENDEN

© Del texto: María Fernanda Heredia, 2006
© De las ilustraciones: Roger Ycaza, 2006
© Santillana S.A., 2016

© De esta edición:
 2017, Santillana USA Publishing Company, Inc.
 2023 NW 84th Avenue
 Doral, FL 33122, USA
 www.santillanausa.com

Loqueleo es un sello de **Santillana**. Estas son sus sedes:
Argentina, Bolivia, Chile, Colombia, Costa Rica, Ecuador, El Salvador,
España, Estados Unidos, Guatemala, México, Panamá, Paraguay, Perú,
Puerto Rico, República Dominicana, Uruguay y Venezuela

ISBN: 978-1-64101-196-9

Published in the United States of America
Printed in Mexico by Impresora Apolo S.A.
22 21 20 19 18   2 3 4 5 6 7 8 9

www.loqueleo.santillana.com

Hay palabras que los peces no entienden

María Fernanda Heredia

Ilustraciones de Roger Ycaza

loqueleo®

Para Andrés, con amor

Mi gratitud y mi corazón a mis amigos:
Ana Lucía y Homero Escobar, Carla Aguas,
Diego Oquendo Sánchez, Edgar Freire,
Jackie Calderón, Jaime Peña,
Javier Laría, Juana Neira,
Michelle Oquendo, Pauli Rodríguez,
Rafael Lugo, Roger Ycaza
y Santiago González.

El mensaje

El teléfono sonó diez minutos antes de las seis de la mañana. Francisca buscó torpemente el aparato en la mesa de noche, pero no lo encontró. Sacudió las sábanas y claro, estaba ahí. Entre asustada y aturdida contestó y, del otro lado de la línea, una voz susurrante le dijo:

—Feliz cumpleaños.

—¡Te acordaste!

—Necesito que salgas a la puerta en este momento.

—¿Sabes la hora que es?

—Claro que lo sé, no hagas preguntas tontas y obedece.

—Pero papá y mamá podrían despertar y...

—¡Sal ya!

Francisca, que acostumbraba dormir con una vieja camiseta de algodón, agarró los gastados jeans que descansaban en la silla del escritorio y se los puso. Atravesó en puntillas el corredor que separaba su habitación de la de sus padres y bajó por las escaleras. Sintió su corazón aletear al momento de girar la llave en el cerrojo de la puerta de la sala. Cruzó el jardín y abrió la puerta que daba a la calle.

Afuera no había nadie.

—No estoy para bromas —se dijo a sí misma.

Miró a un lado y otro, pero a esa hora todo lucía solitario y oscuro. A punto de entrar, notó algo extraño en el árbol plantado en la acera. Detrás del tronco y atado con un cordón grueso dormía un cachorro labrador negro.

Francisca lo desató, lo envolvió con el largo borde de su camiseta y lo llevó dentro de casa. Ya en la cocina lo colocó sobre la mesa y, entonces, descubrió que sujeto al collar pendía un mensaje escrito.

Francisca lo leyó y sintió que un nudo le atrancaba la garganta.

El mensaje decía:

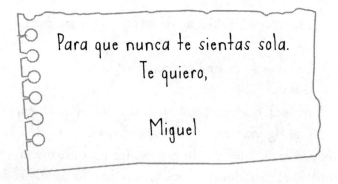

Para que nunca te sientas sola.
Te quiero,

Miguel

Un perro

En repetidas ocasiones, y desde que Francisca era una niña pequeña, tumbados sobre el pasto mirando al cielo, ella y su hermano mayor habían repetido el cuestionario esencial de sus vidas, cuestionario al que volvían cuando menos una vez por mes, alternadamente haciendo uno de interrogador y otro de interrogado, convencidos de que al memorizar cada respuesta estarían estableciendo su propia filosofía:

—¿Entre el Real Madrid y el Aucas?

—Me quedo con el Aucas —respondía ella.

—¿Entre una araña y un ciempiés?

—Cualquiera de los dos..., pero cojos.

—¿Entre el olor a playa y el olor a montaña?

—A playa.

—¿Entre Cenicienta y Batichica?

—Batichica.

—¿Entre la luna y el sol?

—Las estrellas.

—¿Entre Arjona y el silencio?

—¡El silencio!

—¿Entre un perro y un gato?

—Un perro, claro.

Francisca se quedaba pensando y luego añadía:

—Pero no cualquier perro, tiene que ser uno grande, no me gustan los de raza pantufla.

—Y tampoco los sofisticados, como aquellos que deben ir a la peluquería dos veces por mes —decía él—, ¿te has fijado en la cantidad de perros que van por la calle mejor peinados que sus dueños?

—¡Y más limpios! Hay perros que se lavan el pelo y se cepillan los dientes con más frecuencia que sus amos, ¿te he contado de mi profesor de Educación Física? Tiene aliento de dragón, cada vez que abre la boca se marchitan todas las flores del colegio; si existiera una elección de Mr. Tufo, de seguro ganaría el primer lugar. Él está convencido de que seré una gran atleta, pero no se da cuenta de que cada vez que lo veo llegar, corro con todas mis fuerzas para que su aliento de bomba molotov no me alcance.

—Yo prefiero los perros grandes, con patas gordas y con buen aliento.

—A mí la raza me da lo mismo y las patas también —aseguraba Francisca—, lo importante es que el perro tenga cola. Los perros sólo saben decir que están felices o lo mucho que te quieren con la cola. Cuando veo uno al que se la han cortado, siento lástima porque me parece que le han arrancado la sonrisa.

Desde que Miguel se había ido de casa, tres meses atrás, también Francisca sentía que de alguna manera le habían arrancado la sonrisa. Se había sentido muy sola y estaba claro que únicamente él, su hermano, sería capaz de entender lo feliz que le haría la compañía de ese pequeño labrador negro que llegó sorpresivamente el día de su cumpleaños.

Las mascotas estuvieron siempre prohibidas en casa y, para justificar esta censura, los padres de Miguel y Francisca parecían haberse puesto de acuerdo en el discurso que sostenían y que, a decir verdad, parecía copiado del programa de televisión Primer Impacto.

—Dicen los expertos —comentaba el padre muy serio, como si estuviera repitiendo las palabras del mismísimo Einstein— que los perros son animales salvajes y que pueden ser domesticados sólo en parte. No es extraño que en un momento de locura ataquen a sus propios amos.

En ese punto de la exposición, entraba la madre con los ejemplos espeluznantes de crónica roja:

—He sabido de un perro que atacó a una viejecita y la dejó sin orejas... ¡sin orejas! La pobre debe parecerse a una gallina.

Escuchar a ambos hablar sobre los perros era como escuchar a un oficial de policía conversando sobre Jack, el

Destripador. Pero la verdad es que la prohibición no tenía nada que ver con el documental de un perro salchicha que se había comido a su dueño, sino que para mamá los perros eran los principales productores de toda la porquería que a ella le tocaría limpiar, mientras que para papá una mascota era igual a un montón de gastos; y cualquier cosa que implicara demasiada limpieza y demasiados gastos tendría pocas posibilidades de ser aceptada en el hogar.

Los dos hermanos se cansaron de pedir y pedir un perro en cada Navidad, en cada cumpleaños y cada vez que sus calificaciones tenían un brillo particular; la respuesta ante la petición de una mascota era siempre:

—No, no y no, a esta casa no entrará jamás una peligrosa bestia peluda.

Pero entró.

Ya con el cachorro caminando sobre la mesa de la cocina, Francisca quiso darse tiempo para pensar en la excusa que inventaría ante sus padres. Admitir que se trataba de un regalo de Miguel sería el pasaporte directo del perro hacia la calle o hacia la perrera municipal. El asunto era tan difícil como esconder una jirafa en la bañera.

Al cabo de unos minutos, el cachorro, que no tenía el mismo interés en la discreción de su nueva dueña, comenzó a ladrar con insistencia y casi de inmediato los padres de Francisca entraron en la cocina.

—¿Qué está pasando aquí? —preguntó la madre restregándose los ojos.

—Nada, ma, es un perrito que encontré en la calle.

—¿A esta hora? Son las seis de la mañana, ¿qué hacías en la calle?

—¿No es curioso? Lo escuché llorar y salí para ver de qué se trataba, debe estar perdido o quizá se ha escapado de una casa vecina.

El padre se aproximó a la mesa para ver al animal y descubrió la nota escrita por Miguel, Francisca intentó arrebatársela, pero fue en vano, él la leyó en silencio mientras una marcada arruga en la frente delataba su rabia. Francisca, intuyendo el problema que se le venía encima, encontró una buena salida diciendo atropelladamente:

—¿Nadie me va a felicitar? ¡Hoy es mi cumpleaños, hoy cumplo 14!

Sus padres, que aún no salían de la desagradable sorpresa, no pudieron hacer otra cosa que abrazar a su hija y disimular el fastidio que les provocaba aquel problema negro de cuatro patas.

El desayuno transcurrió con una tensión mal disfrazada de celebración. La nota de Miguel había caído dentro del basurero de la cocina convertida en, al menos, doscientos pedazos minúsculos. Su padre la había leído y luego la había transformado en pequeños fragmentos, como había hecho con casi todo lo que Miguel había dejado en casa al irse. Tras su partida, todo había ido a parar en el basurero convertido en retazos irreconocibles: ropa, cuadernos, libros, fotografías, etc., como si al triturar los recuerdos el resentimiento encontrara calma, como si existiera una relación geométrica-matemática entre el tamaño del rencor y la cantidad de pedacitos en los que se convierte una carta al destrozarla.

—¿Puedo quedarme con él?, prometo que lo cuidaré —se atrevió a preguntar Francisca mirando al cachorro, y lo hizo intentando imprimir toda la naturalidad del mundo a su pregunta, como si en lugar de hablar del animal estuviera pidiendo permiso para quedarse con unos calcetines nuevos.

La madre sonrió y casi mecánicamente cambió de tema, era una experta en evadir aquellos asuntos que podían convertirse en una explosión atómica:

—¿No te gustaría saber quiénes vendrán esta tarde a celebrar tu cumpleaños?

—Yo compraré su comida, ma, y lo sacaré tres veces cada día, nadie tendrá que preocuparse por el cachorro —insistió Francisca.

—Vendrán los abuelos y tus tíos, he invitado también a Carolina, tu amiga del colegio.

—El papá de un chico de mi clase es veterinario, puedo pedirle que se encargue del cachorro, así no tendrán que gastar en vacunas.

—Aún no me has dicho si prefieres un pastel de chocolate o uno de manzana —comentó la madre haciéndose la sorda ante las palabras de Francisca.

—¡Lo que quiero, mamá, es quedarme con el cachorro!, ¿puedo?

Pero ese "¿puedo?" no obtuvo ninguna respuesta. Francisca se cansó de mirar a los ojos de sus padres, alternadamente, como si estuviera presenciando un silencioso partido de tenis.

Masticó un pan tostado con mermelada de mora y silencio. Bebió un vaso con jugo de naranja y silencio. Tragó un pedazo de queso y, por suerte, en ese momento el cachorro volvió a ladrar.

A Francisca a veces le parecía que un ser enorme debía estar manipulando constantemente el control remoto de su casa, como si fuera el control remoto de un televisor; ese alguien a veces subía el volumen a niveles insoportables, haciendo que cualquier frase simplona se convirtiera en un grito violento y, en otras ocasiones, como la del desayuno, ese alguien presionaba la tecla mute y todo se quedaba en silencio. Los movimientos continuaban, pero la vida se silenciaba angustiosamente y nadie entendía con claridad lo que estaba ocurriendo.

Francisca se agachó para acariciar al cachorro y en ese instante se sintió fuerte. ¡Era su cumpleaños!, y eso, de una manera que no sabía explicar, le otorgaba cierta seguridad especial, como si la fecha la volviera inmune a la rabia de sus padres, como si su cumpleaños le otorgara un salvoconducto para que nadie pudiera castigarla ni responder con una negativa a sus peticiones.

"A nadie pueden estropearle un cumpleaños", pensó ella, "si existe una fecha con varita mágica, quizá sea ésta".

Con mucha seguridad lanzó entonces su sentencia:

—Me lo voy a quedar, está decidido. ¡Bienvenido a casa, Solón!

Solón ladró contento.

Francisca rio.

La madre tosió.

El padre siguió masticando su pan tostado y tragando silencio.

***

Los días pasaron y Francisca descubrió que tener un perro en casa no era exactamente como ella lo había imaginado... ¡Era mucho mejor!

Aunque Solón era apenas un cachorro y únicamente sabía dar ladridos agudos, cuando Francisca le hablaba, parecía como si él la entendiera.

En su primer día juntos, ella creyó necesario darle algunas pautas:

—Tú te llamas Solón, S-o-l-ó-n, ¿entendido? Mira mi boca, si acaso eres un perro sordo, deberás aprender a leer mis labios, cuando te llame mis labios formarán un círculo muy apretado y la lengua quedará aprisionada mientras yo digo "Solón". Ya sé que no es un nombre común, e incluso a algunos les parecerá un poco feo, pero a mí me gusta, y así como otras chicas se han pasado años y años imaginando el nombre que les darán a sus hijos y el posible nombre de su príncipe azul: Gustavo Adolfo, Jorge Luis, Michael Kevin, Pedro José..., yo me he pasado en todas las horas de Matemáticas pensando en tu nombre. Puedo asegurarte que no existe ni un solo perro en el planeta que se llame como tú... y eso es exclusividad.

Solón la miraba y, aunque no entendía ninguna de las palabras que ella le decía, sus ojos negros comenzaban a descubrir que esa niña de ojos de oscuridad idéntica a la suya tenía que ser lo más parecido a una nueva amiga.

—En primer lugar, Solón, tienes que conocer a la familia.

Francisca lo levantó e hizo que los ojos del cachorro recorrieran las fotografías que ella tenía pinchadas en un corcho en su habitación.

—Éste es Miguel, mi hermano mayor, acaba de cumplir veintidós, él ya no vive aquí y no lo verás por casa. Es sensacional, ¿sabes?, es el mejor hermano de toda América, Asia, Europa... y, en general, de todo el planeta. Además, es muy guapo, tengo dos o tres compañeras que estarían dispuestas a tragarse una mosca si a cambio él las besara. Qué tonta soy, claro que lo conoces, fue él quien te dejó atado al árbol esta mañana, pues bueno, él es Miguel y lo quiero mucho. Cuando un día yo no esté en casa y te sientas solo, ven y mira la foto de Miguel..., mira esta que es mi preferida. Cuando yo me siento sola o triste, también me acerco a este corcho y hablo con la imagen de mi hermano, te podrá parecer una tontería, Solón, pero yo creo que Miguel me escucha.

Francisca siguió recorriendo el corcho y se dio cuenta de que la gran mayoría de imágenes que allí guardaba eran de su hermano: Miguel jugando fútbol, Miguel cuando estaba de novio con Ana, Miguel con traje y corbata en su graduación, Miguel dormido y con la boca abierta, Miguel disfrazado de Drácula.

—Ésta es mamá, es muy buena, aunque tienes que saber que a ella no le gustan los perros. Se llama Marta y se pasa todo el tiempo en casa, a papá nunca le gustó que ella trabajara, y ella jamás hace nada que a papá le disguste. No tiene muchas amigas, sólo la visita su comadre Lucy, que es como una lora. ¿Conoces a las loras, Solón? Bueno, cuando conozcas a Lucy te harás una idea. Este de aquí es papá, se llama Aurelio y... bueno, a veces habla muy alto, casi grita, pero creo que no lo hace porque quiera ser malo, lo hace porque nació con esa voz o quizá porque le gusta mucho gritar. Debes saber que hay gente que nace con voz de pajarito y otra gente que nace con voz de trueno, y también hay gente que nace con voz de lora como la comadre Lucy. Pues bien, a papá le tocó una voz de trueno, y a veces ese trueno cae junto a mí... y a partir de ahora podría caer también junto a ti, en ese caso tendrás que hacer lo que yo: cuando papá comience a gritar aléjate tanto como puedas, cubre tus orejas con las patas y vas a ver que puedes sobrevivir con alguna calma. Papá trabaja en construcciones, transporta cemento y otros materiales, y siempre está diciendo que las cosas están mal y que el dinero no alcanza, etc. Tampoco a él le agradan los perros, por eso tendrás que ser muy obediente y estar lo más lejos que puedas de él. Eso, obediente y lejos de él, yo hago lo mismo.

El cachorro lo miró todo y luego se dejó colocar sobre la alfombra de la habitación.

—Ahora te enseñaré la casa, Solón, para que sepas con qué clase de familia vas a vivir. En esta casa hay lugares a los que denominaremos HUPS, que quiere decir: "Huye, perro, sálvate", y otros lugares a los que llamaremos DVD: "Disfruta, vive y diviértete".

Caminaron juntos aprovechando que los padres de Francisca habían salido a comprar las golosinas para la reunión de la tarde y, entonces, ella comenzó a determinar claramente los espacios de la casa, aunque en realidad parecía como si estuviera enseñándole al cachorro el campo minado en el que se libraría una terrible batalla.

—La habitación de papá y mamá, HUPS; si llegan a verte por aquí te convertirán en hot dog. La sala, HUPS. El comedor, HUPS. Mi habitación, DVD. La cocina, DVD. La salita de la televisión, HUPS. La habitación vacía de Miguel, DVD. El jardín, DVD, ése es tu territorio más seguro, pero no se te ocurra destruir las flores, porque entonces dejará de ser DVD y se convertirá en HUPS. Este jardín será tu único baño de emergencia, recuérdalo, por muy desesperado que te encuentres ante el llamado urgente de la naturaleza, jamás podrás hacer nada que huela o se vea mal en ningún otro lugar de casa, ¿entendido?

Pero no, al parecer el cachorro no había entendido, porque al término de la frase Francisca descubrió que Solón se había hecho pipí en la sala de la televisión.

Entonces él conoció lo único que Francisca no le había mostrado hasta entonces: un periódico doblado que le cayó como golpe castigador en plena cola.

II

—¡No puedo creerlo! —dijo Carolina cuando acudió aquella tarde a visitar a su amiga Francisca por su cumpleaños—. ¡Tienes un perro!

—Bueno, Carolina, lo dices como si en lugar de un perro fuera un hipopótamo. Esto no tiene nada de raro, casi todo el mundo tiene un perro en casa, ¿no?

—Sí, Fran, no me extraña porque sea un perro, sino porque en tu casa los raros son tus padres, que muy poco les ha faltado para inaugurar el Club de Enemigos de Todo lo que Tenga Cuatro Patas: perros, gatos, vacas, ovejas y sillas incluidas.

—Bueno, ya ves, al parecer los milagros existen, esta mañana, cuando pregunté si podía quedarme con el cachorro, no respondieron que no.

—¿Dijeron que sí, Fran?

—La verdad es que no respondieron nada.

—Eso me huele mal...

—¿Por qué?

—En mi casa, Fran, cuando mis padres responden que sí, eso quiere decir sí. Cuando responden no, quiere decir no, pero existe una leve posibilidad de que cambien de parecer a lo largo del día y que ese no se convierta en sí. Pero cuando la respuesta es el silencio, eso quiere decir: "Definitivamente no, ni lo sueñes, eso jamás, ni aunque te pares de cabeza y no lo vuelvas a mencionar si quieres salvar tu pellejo".

—¡Exageras, Carolina! El silencio también puede significar: "Claro, qué buena idea, estoy de acuerdo, lo he pensado mejor y los perros son maravillosos".

—Ése es el problema, Fran, con el silencio nunca se sabe, es incierto, es peligroso. ¿Y ya le has puesto un nombre al cachorro?

—Sí, se llama Solón.

—¡¿Solón?! Ése es un nombre de insecticida. Ya me parece haber escuchado en la tele la publicidad: "Para el mosquito, el chinche, la polilla, la cucaracha, el chapul y el comején, usted ya cuenta con el poderoso insecticida venenoso Solón, rocíelos y verá cómo se retuercen en una dolorosa agonía".

—Ya, ya, está bien, admito que es un nombre extraño, pero a mí me parece lindo... y exclusivo.

—No, Fran, lindo no es, ¿y exclusivo? Bueno... si lo hubieras llamado Calzoncillo también sería un nombre exclusivo, no hay perros que se llamen así, ¿no?

—¡Entre Solón y Calzoncillo hay una gran diferencia, Carolina!

—De acuerdo, hoy no discutiré contigo, es tu cumpleaños y te daré la razón en todo: el silencio significa sí y Solón es más lindo que Calzoncillo.

Desde que Solón llegó a su vida, Francisca sintió como si alguien hubiera activado en su alma el chip de la alegría, un chip que había estado averiado y apenas utilizado a mediana intensidad desde que Miguel se había ido de casa.

Solón hacía esas cosas aparentemente tontas que hacen los perros y que provocan en sus dueños una alegría inmensa.

—¿Te imaginas, Carolina, si los seres humanos actuáramos como los perros? ¿Si en vez de sonreír moviéramos la cola?

—¡No! ¿Y si aulláramos al escuchar una canción romántica?

—¿Y si, como muestra de amor, pidiéramos que nos rascaran la barriga? Ya te imagino, Carolina, tú diciéndole a Felipe Cadena, el guapo de décimo: "Me siento tan feliz a tu lado que quiero pedirte que me rasques la barriga mientras yo muevo mi cola".

—¡Peor aún, Fran! Imagínate lo que pasaría si Felipe Cadena se enojara conmigo y, en lugar de hacerme la ley del hielo, agarrara un periódico doblado y me persiguiera a periodicazos por todo el colegio.

Al término de la conversación voltearon a ver a Solón y descubrieron que el cachorro había comenzado a dar vueltas, sobre su propio eje, intentado morderse la cola, ¡su propia cola! Ambas se miraron horrorizadas, y a un mismo tiempo concluyeron:

—Qué suerte que no actuamos como los perros.

Solón tenía un rostro de ojos tristes, con orejas tan grandes que parecían a punto de desgonzarse, pero lo que a Francisca más le conmovía era que, a pesar de esa tristeza de nacimiento, el cachorro parecía estar a cada momento intentando limar esa desazón para lucir alegre. Era como si pidiera disculpas todo el tiempo por no tener una cara de mascota feliz, Solón parecía esforzarse por ser un perro payaso, en lugar de un perro limón.

Y claro con ese rostro anochecido, cada vez que Francisca llegaba del colegio, ambos se encontraban en la puerta de la casa con la alegría del que regresa después de una guerra.

—¿Me has extrañado, Solón? ¿Verdad que sí?

El cachorro ladraba incesantemente por siete minutos cronometrados, mientras las orejas y la cola se le movían en total descoordinación. Tanto se le movían las orejas que era normal que una de ellas se le quedara doblada sobre la cabeza como una visera.

Una semana después de su primer encuentro, Francisca y Solón parecían haber descubierto que la felicidad tiene seis patas; o mejor dicho, cuatro patas y dos piernas. Hacía ya mucho tiempo desde que ella no se sentía tan, pero tan contenta, al llegar a casa.

Aquella tarde cuando Francisca se sentó en el comedor, el padre sin el menor malestar le dijo:

—Debemos deshacernos del cachorro.

—Pero, papá...

—Entiéndelo, en esta casa existen reglas.

—Pero...

—Sé que quieres una mascota, pero un perro no es la más adecuada.

—Pero yo quiero a Solón y él me quiere a mí, ¿has visto cómo mueve su cola cuando me mira? Además, tú sabes que es un regalo de Miguel, y yo...

—No hay discusión, Francisca, iremos a una tienda de mascotas para dejarlo en consignación hasta cuando alguien quiera comprarlo.

La madre servía los platos como si no escuchara nada, como si estuviera sola acomodando cosas sobre una mesa vacía, su mirada se concentraba en los cubiertos, en la ensalada y en cada ración que distribuía.

—Pero, papá, yo creo que...

—No, Francisca, ya dije que no.

—Pero déjame hablar, ni siquiera me permites que diga...

—¿Acaso no entiendes lo que significa NO? —Su tono de voz se elevó hasta convertirse en un grito violento—. He dicho que no quie-ro al pe-rro en esta casa. ¿Entiendes? ¿Hablamos el mismo idioma? ¡Responde! ¿Hablamos el mismo idioma?

Y no, claro que no hablaban el mismo idioma. Francisca era incapaz de dividir una frase en sílabas entrecortadas para ofender a otro, para ridiculizarlo. Francisca temía aprender ese idioma en el que hasta la frase más simple podía tornarse agresiva y punzante.

Mordiéndose la lengua y tragando con fuerza, se vio de pronto repitiendo la historia... Aquella escena de una película que ella siempre odió: recordó el discurso familiar cuando todavía su hermano vivía en casa y era prácticamente un adolescente, discurso mil veces pronunciado a la hora del desayuno dominical y que parecía haber medido el futuro de Miguel sin lugar a error. En esa repetida escena, vivida años atrás, el padre untaba mantequilla en un pan tostado mientras enumeraba:

—Arquitecto como tu abuelo. Retira los codos de la mesa. Amigos influyentes. Nada de argollitas en las orejas, que eso no es para hombres. Una esposa de buena familia. Cabañita en la playa. Hijos en colegio bilingüe. Dos autos en casa. Vacaciones en Miami. ¡Que quites los codos de la mesa!

Miguel escuchaba el sermón, mientras daba paraditas por debajo de la mesa jugando con la pequeña Francisca, ocho años menor que él.

—¿Me estás escuchando?

—Sí, papá, te escucho.

—Es que te quedas ahí sin decir nada.

—Te estoy escuchando, papá.

—Pues no lo parece, porque no me prestas atención y te quedas ahí con cara de idiota.

—Es la única cara que tengo, papá, y todos dicen que soy idéntico a ti.

Entonces el desayuno se convertía en cachetada dominical, llanto maternal poscafé, signos de interrogación en la cabeza de Francisca y astillas en el corazón de Miguel.

Luego, Miguel subía a la habitación de su hermana, la abrazaba y le decía:

—No te preocupes, que la cachetada no me dolió, tú no lo sabes, pero yo nací con un complejo mecanismo de defensa especial que impide que los golpes de papá me duelan demasiado.

Hasta los siete años Francisca siempre se preguntó cuál sería ese mecanismo capaz de anular el dolor; y aunque sus reflexiones volaron por las razones más audaces, un día descubrió que su hermano mentía. Tras una de las broncas frecuentes, en que padre e hijo se dijeron cosas horribles, Francisca entró a la habitación de Miguel y lo encontró abrazado a la almohada, inundado en lágrimas.

—¿Y tu mecanismo especial? —preguntó ella.

—No anda muy bien, al parecer tiene una grieta.

Pero Francisca descubrió que Miguel llevaba esa grieta en el alma.

Mucho tiempo después, en esas conversaciones que ambos hermanos sostenían tumbados en el césped mirando al cielo, ella había confesado:

—¿Sabes? Yo no nací con tu mecanismo de defensa, cada vez que papá me grita siento que me hago pequeña, muy pequeña, tan pequeña que él, si quisiera, podría pisarme.

Miguel siempre temió que su padre adoptara con Francisca la misma actitud violenta que había tenido con él; Miguel intuía, además, que tarde o temprano la vida terminaría separándolo de su hermana, es por eso que en aquella ocasión, cuando Francisca le confesó el miedo que sentía ante su padre, él sintió terror. La amaba tanto que no quería imaginar que la vida la golpeara, que sufriera, que la violencia llegara a tal punto que Francisca pudiera considerarla "normal".

Miguel la agarró de los hombros, se agachó hasta que sus ojos quedaron al mismo nivel y le dijo:

—Escúchame bien, si sientes que te haces pequeña, pequeña, pequeña, entonces, debes aprender a ser más inteligente y más rápida que papá, así él jamás te pisará, ¿comprendes?

—No mucho.

—Tienes que ser como un ratón, Francisca, tienes que aprender a esquivar los escobazos, a no caer en la trampa por un pequeño pedazo de queso, tienes que aprender a subir por las paredes, a moverte rápida y silenciosamente, a ser más astuta que él para que nunca pueda arrinconarte. ¡Eso, tienes que ser como un ratón!

Fue así como Francisca se adueñó del apodo Ratón que, a partir de entonces, sería de uso exclusivo de su hermano.

Con el tiempo ella aprendería a moverse con agilidad frente a su padre, a adivinar hacia dónde dirigiría la frase violenta para esquivarla. Francisca aprendería a hacerse la sorda, a hacer un pacto con la música a todo volumen y con los audífonos, un pacto con la puerta de su habitación cerrada.

El padre retomó la palabra:

—Esta misma tarde iremos a la tienda de mascotas y dejaremos al cachorro ahí. Puedes venir conmigo, si te da la gana, o iré yo solo.

Francisca miró a su padre con resentimiento y, aunque quiso decirle que se sentía sola en casa, y que sólo el cachorro aliviaba su tristeza, decidió actuar como lo haría un ratón.

A las cuatro de la tarde, ella, su padre y Solón se subieron a la camioneta y se dirigieron a la tienda de mascotas. Francisca estaba pensativa, sentía que, al abandonar a Solón, de alguna manera abandonaría también a su hermano. Quería llorar, pero no lo hacía, el llanto propio es a veces un trofeo para otros, y un trofeo sólo debe ser entregado a quien se lo merece.

Discutir tampoco era una buena opción, en una batalla de gritos contra su padre, ella sabía que perdería. Él gritaba más fuerte y conocía palabras más duras y ofensivas. Parecía un diccionario de sinónimos de las palabras más violentas del castellano. Y Francisca no era el de antónimos... ella, la mayoría de veces, ante su padre era un diccionario de páginas en blanco.

Si su padre quería deshacerse de Solón, eso no sólo se debía a que no le gustaban los perros, sino que le fastidiaba enormemente que ese cachorro fuera un regalo de Miguel.

Estacionaron frente a la tienda y ella intentó una última batalla:

—Papá... y si en lugar de dejar a Solón aquí, busco entre mis compañeros de clase a alguien que quiera quedarse con él... Así yo sabría que está en buenas manos y podría visitarlo, ¿no te parece?

El padre se quedó pensativo por un minuto, miró dentro de la tienda y descubrió a un muchachito que los observaba con curiosidad.

—No me parece mala idea.

—Deja que le busque un dueño, pa, en dos o tres meses de seguro que le encontraré un nuevo hogar.

Francisca lanzó ese plazo como una apuesta fuerte. Si lograba que durante dos o tres meses Solón viviera en su casa, sus padres terminarían acostumbrándose a su presencia y quizá abandonarían la idea de deshacerse de él.

—¿Dos o tres meses?, —preguntó el padre con ironía—, ni pensarlo, tienes dos días para cumplir con tu misión. Si no lo logras, lo llevaremos a la tienda de mascotas.

El padre puso en marcha la camioneta y volvieron rumbo a casa.

III

—A ti te pasa algo, Miguel, pareces preocupado —le había dicho Francisca ese día jueves, tres meses atrás, que a ella no se le borraría jamás de la memoria.

—No me pasa nada, Ratón.

—No me mientas, Miguel, tienes cara de: "Oh, no, me he tragado un hueso de pollo, pero no quiero que nadie se entere".

Miguel llevaba varios días con gesto de preocupación. Insistentemente Francisca le había preguntado si todo andaba bien, y la respuesta había sido que sí, que sí, que no pasaba nada, que eran problemas de la universidad.

Eso podía ser verdad. Miguel había decidido abandonar la carrera de Arquitectura, carrera a la que había ingresado únicamente por presiones de su padre; y en un arranque de valentía y autenticidad, la había cambiado por la Facultad de Literatura. En casa, por supuesto, se había armado un zafarrancho.

Y es que estudiar Literatura, a ojos de su padre, era equivalente a estudiar para ser siempre pobre. Y ser pobre era ser nadie.

El padre se había rehusado a continuar pagando los gastos de la universidad, y con eso había intentado presionar al joven para que dejara de lado lo que en casa titulaban como "su estupidez temporal". Pero Miguel, impulsado por la fuerza de su decisión, había comenzado a trabajar en sus horas libres para juntar algún dinero. Paseaba perros por las mañanas y las noches, aprovechando que el barrio se había llenado de edificios de departamentos, con gente que tenía muchas ganas de tener mascotas, pero muy poco tiempo y ganas para pasearlas tres veces al día. A veces Francisca lo acompañaba y aprovechaba para jugar a que todos esos perros eran suyos.

—¿Sabes, Miguel?, los perros serían perfectos si no hicieran caca.

—Y el mundo sería perfecto si los políticos hicieran lo mismo.

—En todo caso, yo prefiero limpiar las porquerías de un perro.

—Sí, pero aunque no te guste, las porquerías de los políticos terminamos limpiándolas todos nosotros.

—Creo que ya no quiero hablar de caca.

—Ni yo de políticos... que a veces es lo mismo.

Ambos siguieron caminando por el parque arrastrados por la fuerza de los perros y en un momento Miguel preguntó en voz baja:

—¿Puedes guardar un secreto, Ratón?

—¿Un secreto? ¡Claro!

—Ana está embarazada, me lo ha dicho esta tarde.

Impresionada y casi petrificada, Francisca soltó los perros que paseaba y estos salieron en estampida por distintos puntos del parque. Tuvieron que pasar casi veinte minutos hasta poder recuperarlos.

Ana era la novia de toda la vida de Miguel. Se habían conocido desde niños en el colegio, luego se habían enamorado, estudiaban juntos en la universidad, y ahora, además, se convertirían en padres.

Sentada en una banca, a las ocho de la noche, Francisca recuperó el aliento, se dio cuenta de que temblaba y entonces hizo una pregunta que salió de su boca con un extraño y dulce sabor:

—Si vas a tener un hijo, ¿eso quiere decir que voy a convertirme en abuela?

—No, tonta, vas a convertirte en tía.

—Sí, es verdad, los que se convertirán en abuelos serán papá y mamá, ¿ellos ya lo saben?

—No, pero tendré que decírselo muy pronto.

—Sabes la que te espera, ¿no?

—Lo imagino.

Luego de devolver los perros a sus dueños, regresaron a casa caminando en silencio, abrazados. Ambos estaban emocionados. Y asustados. Un bebé es un secreto que no se puede guardar, un bebé debería ser una buena noticia que el presidente de la República tendría que anunciar en cadena nacional de televisión: "Conciudadanos, cumplo con mi deber de dar una noticia que llenará de esperanza a todo el país... Miguel y Ana van a tener un hijo".

—¡¿Un hijo?! ¡¿Cómo que un hijo?! Pero qué estás diciendo irresponsable, ¿quieres matarme de los nervios?

El padre sacudía de los hombros a Miguel, sin darle oportunidad al chico para que hablara.

—¡Maldición! Esto era lo que quedaba para que terminaras de arruinarme, ahora vete, no quiero verte más... Si has decidido destrozar tu vida, yo no seré tu testigo. Agarra tus cosas y no vuelvas a aparecer nunca.

Francisca, en su cuarto, subía y subía el volumen de la televisión. El canal de videos musicales pasaba en ese momento un especial que no llegaba a ser tan estridente como para tapar los gritos que desde la habitación de Miguel se desbordaban. La puerta cerrada tampoco lograba atenuarlos. Las paredes parecían simples biombos. Francisca, de cabeza contra la almohada, repetía en silencio: "No lo eches, por favor, no lo eches, no dejes que Miguel se vaya".

La madre entre lágrimas silenciosas sólo atinaba a guardar en una maleta las cosas de Miguel, ropa, libros, artículos de limpieza y algo de dinero escondido entre los calcetines.

Al día siguiente, antes de las ocho, Miguel entró a la habitación de su hermana menor, la despertó y le dijo susurrando:

—Me voy.

—No lo hagas, por favor.

—Debo irme, Ratón, él ya no quiere verme más.

—Te ha hecho daño, ¿verdad?

—No te preocupes por mí, recuerda que sus golpes no me duelen. Me voy de casa, pero estaré bien.

—¿Me llamarás?

—Me ha prohibido que te llame y que te vea, pero ya nos ingeniaremos algo... Yo no te dejaré sola nunca, eso lo sabes, ¿no?, nunca.

Ambos hermanos se abrazaron con fuerza mientras mostraban sonrisas forzadas, y prefirieron no decirse adiós.

***

La de Miguel fue una boda curiosa, muy poco parecida a las que Francisca había asistido o visto por televisión. La invitación le llegó a través del correo electrónico bajo un claro titular que destacaba: "No se te ocurra decírselo a nadie". Sería un martes a las once de la mañana en una oficina del registro civil. El mensaje aclaraba que, además de los testigos, ella sería la única invitada y que luego celebrarían con hamburguesas dobles con queso y sin *pickle* para todos. La invitación concluía con una amenaza que Francisca consideró una patraña: "Si no asistes, Ratón, le contaré a todo el mundo que te depilas el bigote desde los dos años".

Pese a este último detalle Francisca se emocionó mucho y respondió de inmediato al mensaje:

Claro que asistiré a tu boda, no me perdería por nada en el mundo la oportunidad de verte peinado y con cara de bobo, lo digo porque será extraño verte peinado... A tu cara de bobo ya estoy acostumbrada. Me escaparé del colegio para llegar a la hora justa, espero que nadie se entere y que no se me arme un problema en casa. Ah, y ya deja de burlarte de mi bigote, que tú tienes veintidós años y aún no estrenas la rasuradora.

El registro civil quedaba distante del colegio, llegar en autobús le habría significado tomar tres líneas distintas y, con todo eso, caminar más de cinco cuadras. Francisca metió mano en sus ahorros y decidió que la ocasión merecía un pequeño lujo: tomó un taxi.

El auto se detuvo en el viejo y destartalado edificio del registro civil, Francisca había llegado con quince minutos de anticipación y eso le permitió hacer una de las cosas que más disfrutaba en la vida: mirar a la gente.

Ese lugar reunía a las personas con las expresiones más contradictorias: estaban los felices padres registrando al recién nacido, estaba el recién nacido dejando huellas de tinta negra, estaban las huellas negándose a abandonar las paredes; estaban los desolados de negro registrando una defunción, estaban los fantasmas acompañando a los de negro; estaban las ex parejas ex felices desatando matrimonios, y en una columna no muy larga estaban los enamorados diciendo: "Sí, señor juez, acepto".

Minutos después llegó Miguel, junto a su novia Ana. Ambos lucían radiantes. Ana llevaba un sencillo vestido maternal con tirantes. Miguel unos jeans con una camisa blanca. Francisca nunca había visto a su hermano tan feliz y tan guapo como ese día.

—Gracias por venir, nadie en casa se enteró de nada, ¿verdad?

—Nadie, te lo aseguro.

Miguel sonrió como si la noticia lo alegrara, como si el secreto de su boda fuera un triunfo ante sus padres. Muy en el fondo pensó que, si las cosas no se hubieran dado como se dieron, le habría encantado que sus padres estuvieran ahí, tan felices como él.

También llegaron los testigos: Mario, Rita, Lucas y Paula, todos ellos compañeros de Miguel y Ana en la facultad. La espera en la columna que se dirigía a la Oficina de Matrimonios no fue demasiado larga, cuando el turno les llegó se abrió una puerta, y una secretaria con peinado de Rey León y maquillaje carnavalesco les ordenó pasar.

—Los contrayentes al centro, los testigos a los lados, todos con sus documentos a la mano —ordenó displicente—, el señor juez vendrá en seguida.

Francisca miró curiosa la oficina donde decenas de parejas se juraban amor eterno cada día, y le pareció que no podía existir un lugar en el mundo menos romántico que ése: en la pared destacaba un calendario con la fotografía de una mujer desnuda. Sobre el escritorio del juez una figura de cerámica con un toro y una inscripción que decía: "Tauro, supermacho". Junto a la computadora de la secretaria, un florero, desbordante de claveles de plástico, hacía alarde de la cantidad de polvo que podían tolerar sus pétalos, y junto al escritorio de otro sujeto raro que parecía no hacer nada, había un improvisado altar con la imagen de un santo y una lucecita roja.

El juez, un tipo más bien pequeño, regordete y con cabello grasoso, llegó con una bolsa de papas fritas en la mano, pero eso no impidió que tratara de imprimir un gesto de autoridad en la oficina. En diez minutos cumplió con su tarea, y Miguel y Ana estaban casados. Las felicitaciones de los chicos se tradujeron en abrazos con fuertes golpes en la espalda, las de las chicas eran más suaves y con besos más largos. Un fotógrafo muy oportuno, con una vieja cámara Polaroid, se ofreció para eternizar el momento por $10, muchos disparos acompañados de la luz del flash llenaron de un divertido caos el pasillo junto a la Oficina de Matrimonios.

Pasaría mucho tiempo hasta que Francisca y Miguel volvieran a abrazarse y a sonreír juntos. Todavía no terminaban de posar para la última foto, cuando una voz conocida los arrancó de la felicidad.

—¡Francisca!

—¡Papá!

El padre se aproximó violentamente, la sujetó del brazo, la sacudió con fuerza y le dijo:

—Te prohibí que volvieras a ver a este bueno para nada, vas a ver lo que te espera en casa.

Miguel interrumpió:

—No le hagas daño, por favor, no te desquites con ella.

El padre enfurecido y alterado apartó con un empujón a su hijo. Francisca estaba asustada, miraba a Miguel, miraba a Ana, miraba a su padre y no sabía qué decir.

De un tirón el padre la llevó hasta la puerta, se subieron a un taxi y desaparecieron entre el tráfico del mediodía.

Una gata

La tienda de mascotas tenía varios años, se llamaba La Animalería, aunque un grafiti pintado en la puerta metálica la había rebautizado como El Congreso.

—¡Eso es ofensivo! —había dicho indignado un diputado que vivía por el sector.

—Sí, tiene usted razón —le había respondido entonces Julián—, por suerte los animales de esta tienda no saben leer.

El fundador de La Animalería había sido el abuelo de Julián, un viejo veterinario amante de las mascotas que había logrado contagiar ese amor a su nieto. Casi treinta años atrás había abierto su consultorio de veterinario, al que luego convirtió, además, en una tienda de mascotas.

Julián había crecido entre animales silenciosos y animales ruidosos, animales peludos y animales pelados, animales con orejas y animales con aletas, animales con pico y animales con hocico. Y ésa, sin duda, había sido una manera feliz de crecer.

El padre de Julián desde muy joven había rechazado la idea de convertirse en el heredero de la tienda de mascotas. Su opción y vocación lo habían llevado al mundo de la publicidad. Era un tipo creativo que había aprendido a ganarse la vida gracias a sus ideas originales y extravagantes. Hacía comerciales de televisión, anuncios para las revistas y para los periódicos. Trabajaba largas jornadas en la agencia de publicidad, de campaña en campaña, de producto en producto. Cuando no estaba filmando un comercial para televisión hasta las tres de la madrugada, estaba en una sesión fotográfica o diseñando un afiche que luego aparecería por toda la ciudad. Trabajaba los fines de semana, jamás tomaba vacaciones y de lo único que hablaba era de publicidad. A veces cuando llegaba a casa, exhausto, se tumbaba en el sofá de la sala, escuchaba música a todo volumen, abría un paquete de cigarrillos e innumerables latas de cerveza, y no se detenía hasta que la última voluta de humo anestesiara su cabeza.

Julián y su madre lo llamaban todas las tardes para hacerle la misma pregunta: "¿Vienes a cenar?", y aunque la respuesta era siempre afirmativa, la cena se enfriaba y la espera se agotaba hasta convertirse en furia y tristeza.

Un día el creativo de ideas locas, sin corbata y con el pelo revuelto, llegó a casa y la cena no lo estaba esperando. En lugar del plato, sobre la mesa, halló una nota de despedida.

Julián, con seis años, dormía en su cuarto, y su madre dormía ya muy lejos con sueños recién inaugurados.

Aquel día las buenas ideas abandonaron la cabeza del creativo. No volvió a la agencia y no volvió a sonreír. Y no hubo maquillaje que pudiera disimular un abatimiento que terminó instalándose en cada rincón de su alma.

—Depresión —dijo el médico.

Y Julián y su abuelo pensaron que eso podría curarse con abrazos y con mimos, pero no fue así, el ex creativo con la mirada fija en algo que ya no existía se convirtió en un ser silencioso, adolorido, casi espectral. Se ocultó bajo un velo de tristeza y muy pocos volvieron a escuchar su voz. Si no estaba tendido en la cama de su habitación con las cortinas cerradas, estaba mirando a través de la ventana a algún punto inexistente del paisaje.

Julián no volvió a ver a su madre y casi ninguna sonrisa de su padre. Aunque era apenas un niño cuando esta crisis había estallado, él había podido sentir que algunos de los hilos que movían su vida se habían roto para siempre, sin posibilidad de que pudieran atarse nuevamente. Durante un largo período se dedicó a reconstruir el pasado de su familia con retazos de memoria, con algunas fotografías en las que aparecía él rodeado de sus padres en algún paseo o en una cena navideña, fotografías en las que se mostraban todos juntos, con una felicidad congelada por la cámara. Una caja metálica que alguna vez había contenido galletas se convirtió en la memoria que

Julián no quería perder, ahí guardaba esas imágenes, más otros objetos que le devolvían a una sensación de antigua compañía. No había rencor, apenas una necesidad inmensa de no olvidar lo bueno y de constatar, de vez en cuando, que él no había llegado de la nada, que no era un extraterrestre, que no había aparecido un día en una cesta en la puerta de La Animalería. Esa caja de galletas era la ratificación de que alguna vez había tenido un padre con sonrisa amplia y cabello negro revuelto, igual al que él llevaba ahora, y una madre linda de quien había heredado el color verde aceituna de sus ojos.

Fue su abuelo el encargado de devolverle algo de normalidad a su vida cotidiana pero, además, fue el llamado a responder con amor a todas las interrogantes que se irían presentando a lo largo de los años en la cabeza y en el corazón del muchacho. Julián se entregó al cariño de ese abuelo grande y de voz profunda. Pero también se refugió en las mascotas de La Animalería. Aprendió a cuidarlas, a alimentarlas y a mantener sus jaulas y peceras limpias.

El abuelo le enseñaba a reconocer a un pez enfermo y las características de un legítimo pastor alemán.

—Las mascotas no son juguetes —decía el abuelo—, son seres que están ahí para acompañar y hacer la vida de la gente más bonita. Pero también necesitan cuidado y cariño, nunca te olvides de decirle eso a un cliente.

Durante las mañanas, el abuelo se dedicaba a atender la tienda. A la una y treinta de la tarde, Julián llegaba del colegio y pasaba a saludar a su abuelo por La Animalería. Juntos subían al departamento en donde la señora Nancy, responsable del aseo y de preparar la comida para todos, tenía listo el almuerzo sobre la mesa. Ése era el único instante del día en que abuelo, hijo y nieto compartían un momento juntos. Luego Julián, a partir de las dos y treinta, hasta las siete, se encargaba del negocio.

Una tarde el chico miró por la ventana de la tienda una camioneta que se detenía. En su interior iba una muchacha junto a un hombre que debía ser su padre. Ella tenía en sus manos un pequeño animal, Julián no pudo distinguir si se trataba de un perro, un gato o un conejo. Padre e hija discutieron por unos minutos y la camioneta volvió a arrancar.

Y desapareció.

II

Francisca no era, precisamente, la chica más popular del colegio. Era, más bien, el promedio exacto entre "una más del montón" y "ni chicha ni limonada". Jamás había sido candidata a reina del curso, pero tampoco había sido seleccionada para representar a la vaca en el pesebre navideño. No la confundían con Cenicienta, pero tampoco con Darth Vader. Era lo que se conoce como "un bajo perfil" y, por extraño que parezca, eso a ella le gustaba, ya que desde ese lugar del escenario había descubierto que podía apreciar claramente lo que ocurría a su alrededor, sin llamar demasiado la atención.

Sus compañeros la respetaban. No era la primera en ser invitada a las fiestas, pero siempre estaba en la lista. No era la protagonista en las coreografías que obligatoriamente debían preparar para la fiesta de Carnaval del colegio, pero siempre aparecía por ahí, en un lugar secundario en el que cualquier error de sincronía pasaba desapercibido.

Carolina era su mejor amiga, su sombra, su espejo, su fuente interminable de humor. Ambas eran delgadas, ambas eran morenas, ambas odiaban el color celeste y la música de Arjona, y ambas tenían el cabello negro y liso en extremo. Quizá la única diferencia entre ellas era que Carolina llevaba el cabello largo, hasta la mitad de la espalda, casi siempre atado en una cola de caballo, mientras que Francisca prefería llevarlo de una sola hebra y a la altura de la barbilla.

Carolina y Francisca, Francisca y Carolina, una amistad blindada, a prueba de misiles y ratificada en las condiciones más extremas: cuando alguna vez las dos se habían sentido atraídas por Felipe, el chico más popular del colegio, ambas habían decidido firmar un pacto en pro de su amistad. Ese pacto decía:

Jamás pelearemos por un hombre, salvo que ese hombre sea Brad Pitt, en cuyo caso nos lo sortearemos con una moneda de 25 centavos bajo la modalidad cara o sello... y seguiremos tan amigas como si nada. Nunca nos diremos mentiras y seremos capaces de soportar todas las verdades.

Cuando Francisca llegó al colegio y mostró a todos la fotografía de Solón, surgieron más de veinte candidatos para la adopción inmediata. Francisca había preparado un cuestionario minucioso para analizar a los potenciales dueños de su cachorro. En ese cuestionario, una de las preguntas determinantes era aquella en la que se pedía la dirección exacta del solicitante. Si tenía que renunciar a Solón, al menos se aseguraría de que su nuevo dueño o dueña viviera cerca, para visitarlo, para saber si lo trataban bien.

En ese cuestionario se requería también que se completaran datos como: número de miembros de la familia, edad del miembro más joven y nombre tentativo con el que bautizarían al perro.

A la hora del recreo Francisca tomó los cuestionarios, se sentó con Carolina y se dispuso a analizarlos. Descartó a aquellos interesados que vivían demasiado lejos, a los que tenían hermanitos menores de tres años porque Francisca había escuchado historias truculentas de niños pequeños que metían a los gatos en la lavadora de ropa para que estuviesen limpios, o que encerraban a los cachorros dentro de la nevera en un día muy soleado para que se refrescaran.

Descartó a los que no tenían jardín ni terraza, que en lenguaje canino quería decir: "Descartó a los que no ofrecían un baño lo suficientemente espacioso".

Descartó a la idiota de Mariela porque... eso, era una idiota que se creía el clon de Britney Spears.

Descartó a su compañero Jaime Guerra porque consideró que su historial en cuanto a "relación con el reino animal" era reprochable: desde la infancia hasta la adolescencia él había coleccionado más de cien rabos de lagartijas, con frecuencia derramaba Coca-Cola sobre los hormigueros y provocaba un maremoto gaseoso de incalculables consecuencias para las pobres hormigas, cazaba moscas para arrancarles las alas y una vez le había puesto laca de pelo a su gato, sólo para descubrir si podía inventar una raza a la que denominaría gato Alejandro Sanz.

Otra de las preguntas importantes en el cuestionario era aquella en la que se pedía a los candidatos que pusieran un nombre tentativo para el cachorro. Gracias a esa pregunta, Francisca rechazó indignada una petición en la que alguien admitía querer bautizarlo con el nombre de un ex presidente del país, al que muchos llamaban El Tontócrata.

—Es que se parece mucho —había dicho el interesado—, tiene los cachetes inflados, cara de tonto y cerebro de animal.

—¡Pero mi Solón es un perro honesto! —había respondido ella indignada.

Carolina la ayudó a revisar todas las solicitudes desechadas y le dijo a su amiga:

—Me temo que no tienes candidatos válidos, los has dejado fuera a todos.

—Es que no puedo entregar a Solón sin tener la certeza de que su nuevo dueño lo cuidará y lo querrá tanto como yo.

—¡Pero no hay opción, Fran! Tienes veinticuatro horas para encontrarle un hogar o llevarlo a la tienda de mascotas. Aunque...

—Aunque qué...

—Podrías devolvérselo a tu hermano, total, él ha sido el causante de todo este despelote.

—¿A Miguel? ¡Imposible! Él me regaló a Solón porque sabe que, desde que mi papá lo echó de casa, a veces me siento muy sola. Aún no encuentro la manera de decirle que papá también ha decidido poner a Solón de patitas en la calle. Además, aunque Miguel quisiera quedarse con el cachorro, sé que vive en un apartamento pequeñísimo de aquellos en que el mesón de la cocina se convierte en sofá cama y el sofá cama, en armario y el armario, en ducha, y la ducha, en tenedor. Miguel dice que el apartamento es tan chico que, cuando él y Ana se mudaron, descubrieron que había una araña en un rincón, pero días después la araña decidió irse ante la incomodidad y falta de privacidad. Y hay algo más... yo no puedo devolverle el cachorro a mi hermano, porque papá me ha prohibido que lo vea.

—Bueno, entonces no sé cómo vas a resolverlo, pero lo cierto es que te quedan veinticuatro horas y ya sabes que nada en el mundo hará que tus padres, los presidentes del Club de Enemigos de Todo lo que Tenga Cuatro Patas, cambien de opinión.

Luego del colegio Francisca llegó a casa y, al abrir la puerta, dos gritos y un ladrido la recibieron.

—¡Mira lo que ha hecho este animal en la alfombra! —gritaba la madre mientras señalaba una mancha amarillenta—. Claro, como yo tengo que limpiarlo todo, a nadie le importa, ¿verdad?

El padre bajó las escaleras vociferando:

—Espero que le hayas conseguido dueño a este mugroso, porque, si no, lo voy a echar a patadas a la calle,

¿entendiste, Francisca?, ¡a patadas! Mira mi zapato de gamuza, lo ha echado a perder.

Francisca miró a Solón que la contemplaba feliz desde el piso y movía la cola a la velocidad de las hélices de un helicóptero. Ella se agachó y el cachorro volvió a ladrar y a dar saltitos emocionado.

"No está mal", pensó Francisca, "al menos uno en casa se alegra de verme".

Esa tarde llamó por teléfono a la idiota de Mariela, que vivía a solo unas cuadras de distancia, y le dijo sin ningún entusiasmo en la voz:

—Felicitaciones, resultaste elegida, ¿puedo pasar a dejar el cachorro por tu casa?

Quince minutos más tarde, Francisca sintió que alguien borraba con una goma la sonrisa de su alma. Cuando extendió sus brazos para depositar a Solón en los de Mariela, sintió que su vida estaba llena de despedidas que no le gustaban y que no comprendía.

Separarse de Solón era, de alguna manera, abandonar a alguien que, como Miguel, le había permitido recordar todo lo feliz que podía llegar a ser.

El cachorro la miró y siguió moviendo la cola, incluso hasta después de que la puerta de hierro de la casa de Mariela se cerró.

Francisca caminó de regreso, eran las cinco de la tarde y sintió frío.

En el corazón.

De: Ma. Francisca Hernández (mfh@latinmail.com)
Para: Ma. Paz Mendoza (pazyamor@hotmail.com)
Asunto: Tarea de Geografía

Hola, María Paz:

Te escribo porque quiero preguntarte sobre la tarea de Geografía, he consultado en el almanaque de este año y ahí dice que uno de los principales productos de exportación de Canadá es el papel. Hola, Miguel: Tengo algo que contarte. Ya te imaginas de qué se trata, ¿verdad? Sí, es sobre Solón. Papá me ha obligado a que lo regale a una compañera del colegio. Hice todo lo posible para impedirlo, pero él ha dicho que no quiere verlo en casa ni un minuto más. Ya sabes cómo es él, odia a los perros, odia a los gatos, odia a los leones, odia a los mamuts (aunque no haya conocido ninguno). Solón se hizo pipí en un lugar inadecuado, el horrible zapato de gamuza con el que papá se sentía de veinticinco años, ¿lo recuerdas? Con eso el cachorro se garantizó su fiesta de despedida.

Esta tarde lo he ido a dejar en casa de una amiga del colegio. Se llama Mariela y es muy simpática, nos llevamos bien y creo que cuidará a Solón con mucho cariño.

Mentira, Mariela es una idiota y me cae como la patada... pero tiene una mansión con jardín que queda cerca del parque, a cuatro cuadras desde la esquina de casa, y creo que eso es bueno para un perro, ¿no? Cuando lo dejé, Solón me miró sin comprender lo que estaba pasando.

Le he puesto una condición a Mariela y es que me deje visitar a Solón todas las veces que yo quiera, ella ha dicho que sí, no porque sea muy amable, qué va, sino porque le

encanta que todos vayamos a su casa para que nos entere-
mos de que tiene un televisor kilométrico en su habitación y
una sala de juegos más grande que el parque de diversiones
de Disney.

No te enojes conmigo, Miguel, me entristece haberme separado de Solón, pero ya ves que me he portado muy pilas y
podré verlo siempre que quiera. Papá no me dejó alternativa.

Hoy ha vuelto a gritar luego del almuerzo, no sé bien por
qué, nunca sé bien por qué, pero mamá ha salido al cuarto
de planchar con los ojos irritados. Yo tenía mis audífonos a
todo volumen. Como siempre.

Ah, finalmente quería decirte que hemos dado en el cla-
vo, papá sigue revisando mi correo electrónico mientras yo
voy al colegio. No abre los mensajes, pero sí mira a quién
le escribo, y quién me escribe. Él lo niega pero yo sé que lo
hace desde el día en que descubrió aquel mensaje en el que
me avisabas lo de tu boda, pero ahora que has inventado la
dirección electrónica de María Paz Mendoza (¡qué nombre
tan angelical!), ya no tenemos problema.

Hace unos días me preguntó por María Paz (creo que el
nombre no le sonaba para nada), y yo tuve que decirle que
es una compañera nueva del colegio y ahí corté con el tema.
Pero lo que verdaderamente garantiza el éxito de nuestros
mensajes es el primer párrafo de despiste... Él nunca lee
más allá de la primera línea, y con eso nuestra confidencia-
lidad está garantizada y así ya no tengo que borrar todos
tus mensajes. ¿Sabes? Te quiero mucho, Miguel, y me haces
falta. Hoy vino de visita el primo Alberto, salimos al jardín
y le pregunté: "¿Entre Arjona y el silencio?", y él respondió:
"Arjona".

Nadie como tú, Miguel, nadie.

Te quiero,

Francisca

P.D. ¿Qué tal el nuevo trabajo?, ¿cuánto ha crecido la barriga de Ana?

III

Pasaba con demasiada frecuencia y eso no era bueno, pero la costumbre termina por acondicionarnos a las circunstancias más curiosas. Las crisis de depresión que padecía el padre de Julián lo llevaban a encerrarse en su habitación y no había poder humano que lograra convencerlo de que saliera. La señora Nancy golpeaba la puerta con frases amables primero y luego desesperadas, pero no obtenía resultados.

—Salga, señor, tiene que comer algo, no puede seguir así. Salga, ¿no ve que su papá y su hijo están preocupados? ¡Salga, por favor!

Como recurso desesperado y final, Julián colocaba una escalera en la acera junto al parasol de La Animalería y ascendía por el enrejado hasta la habitación de su padre. Corría la ventana, que casi nunca estaba asegurada y entonces podía entrar aparatosamente.

La escena era muy triste. El hombre tumbado en la cama contra la almohada húmeda luego de interminables horas de llanto, tenía los párpados hinchados y todo el rostro enrojecido, lucía como un bebé que no ha dormido ni ha dejado de llorar durante toda la noche.

Luego de que Julián abría la puerta de la habitación se le acercaba, lo volteaba con enorme delicadeza, le acomodaba los cabellos desordenados y mojados, mientras repetía una frase que le salía desde algún lugar del amor, del dolor y también de la costumbre:

—Ya, papá, tranquilo, todo está bien.

Padre e hijo, hombre grande frágil, abatido sobre la cama, y hombre chico poderoso prometiendo protección a quien debería ser, por norma de vida, el que se la prodigara. Ambos permanecían unos minutos abrazados, hasta que dos calientes tazas de chocolate llegaban de manos de la señora Nancy y del abuelo que, disimulando la tristeza, sonreían con ojos enlagunados.

—Yo me quedo con él —le dijo el abuelo aquella tarde—. Vete tú a la tienda y no te preocupes, me encargaré de que tome su medicina, coma algo y luego descanse.

Julián bajó hasta La Animalería con un nudo atravesado en la garganta.

Al llegar se encontró en la puerta con una mujer que llevaba de la mano a su hijo pequeño.

—¡Qué suerte! —dijo ella—, pensamos que ya había cerrado la tienda y estábamos a punto de marcharnos.

—No, señora, cerramos a las siete —respondió escuetamente Julián mientras abría el candado.

—Mañana es mi cumpleaños —comentó con voz

emocionada el niño mirando a Julián— y mi mamá me comprará un gatito.

—Qué bien, ¿y por qué un gato?

Ésa era una pregunta indispensable. El abuelo le había enseñado que de la respuesta que obtuviera dependería la venta. Hay gente que compra una mascota porque realmente quiere tenerla y cuidarla, pero hay otros que argumentan razones ridículas e irresponsables. Cuando apareció la película 101 dálmatas, todo el mundo quería un perro blanco con manchas negras. Moda y punto. Cuando muchos de esos dueños descubrieron que los dálmatas son perros en extremo sensibles y con una salud que puede quebrantarse ante el menor descuido, comenzaron a abandonarlos en las calles, en los parques, en las carreteras en medio de la nada. Con Nemo se pusieron de moda los peces, todos querían un pez payaso y compraban lo que más se les pareciera. En un arranque de entusiasmo compraban, además, acuarios, redecillas, termómetros y todos los accesorios decorativos imaginables, desde calaveras y barcos piratas hasta rubias sirenas móviles. Luego se aburrían de ellos, la pereza les ganaba a la hora de alimentarlos o de cuidarlos y la historia de Nemo encontraba un final maloliente como una usada lata de atún.

—Los gatos son mis animales favoritos, ¿verdad, mamá? —dijo el niño entusiasmado.

—Sí —respondió la madre mirando a Julián—, pero hasta hoy nunca ha tenido uno porque estábamos esperando que pudiera hacerse responsable de su mascota, y el día finalmente ha llegado, mañana cumplirá ocho años.

Madre e hijo miraron por uno y otro lado de la tienda y repararon en que no existía ni una sola jaula en la que se apreciara un gato. Sin que mediaran palabras, Julián se adelantó a decir:

—Están en la trastienda. La gata y el gatito están allí atrás.

—¿Por qué?

—El gatito apenas ha cumplido ocho semanas y pensábamos sacarlo a la jaula en estos días. Es macho, siamés, y el veterinario ya lo ha desparasitado y le ha puesto su primera vacuna. Hasta las ocho semanas debe permanecer junto a su madre.

Juntos caminaron hasta la trastienda y ahí descubrieron al gatito que yacía dormido acurrucado en una esquina de una caja de madera forrada con cobijas de paño, ajeno a todo lo que estaba ocurriendo, mientras la gata los miraba con preocupación, como si presintiera lo que iba a ocurrir.

—Lo quiero, mamá, lo quiero —dijo el niño sin disimular la emoción.

Julián intentó apartar al gatito de su madre, pero la gata reaccionó con un sonoro maullido y una garra violenta, se puso delante de su cría y así impidió que Julián lo tocara. El chico retiró rápida e instintivamente su mano, pero no pudo evitar un rasguño leve.

—¿Estás bien? —preguntó la mujer alarmada.

—Sí, gracias, pero no lo entiendo... esta gata es muy mansa y nunca había reaccionado así.

—Bueno, se entiende. Ella sabe que queremos llevarnos a su hijo, cualquier madre respondería como ella, ¿no crees?

Julián se quedó pensando en esa frase y en todas las hembras a las que había visto reaccionar con furia, con dolor, con garras, con maullidos o ladridos, para que no las separaran de sus crías.

Julián pensó en su madre, a la que ya casi no recordaba, e imaginó aquella noche cuando ella se fue mientras él dormía acurrucado en su cama. Se miró la mano y descubrió que ése no era el rasguño que más le dolía. Minutos más tarde madre e hijo se llevaron al gatito, junto con alimentos y una bolsa de arena.

Julián miró a la gata y juntos permanecieron en silencio por el resto de la tarde.

IV

Francisca estaba furiosa. Y feliz.

No es fácil explicarlo pero está claro que aquella mañana al llegar al colegio dos cosas se cruzaron por su mente, la primera: pegarle un chicle en el cabello a la idiota de Mariela. Y la segunda: abrazar a la idiota de Mariela y entregarle una placa dorada en reconocimiento por su amabilidad.

Y es que cuando, al día siguiente de que le entregara al cachorro en su gigantesca mansión, la vio llegar a la escuela con Solón en brazos, Francisca pensó lo peor.

—¿Qué ha ocurrido? ¿Solón está bien?

—Tranquilízate, no pongas esa cara —respondió Mariela—, Coqui está bien, la que se ha puesto muy mal es mi mamá que no ha podido pegar un ojo durante toda la noche.

Francisca escuchó el nombre Coqui y sintió que toda la espalda, desde la cintura hasta la nuca, se le erizaba. Mariela continuó con su explicación.

—Tooooooda la noche, pero toda toda toda, ¿eh?, Coqui se la pasó llora y llora y llora. Lo pusimos sobre una manta en la cocina y se puso a chillar. Luego lo subimos hasta el descanso de las escaleras y siguió llorando. Luego lo paseamos como a un bebé para ver si se dormía... y nada. Finalmente, mamá decidió dejarlo en su habitación, pero ni siquiera así Coqui se tranquilizó. Por eso te lo traigo. Mis papás no quieren que lo tenga, y la verdad es que luego de la nochecita que hemos pasado tampoco yo deseo quedármelo. Creo que ahora prefiero una mascota virtual.

Mariela depositó en manos de Francisca al cachorro, y este reinició el llanto sin pausa.

—¿Lo ves?, Coqui es un chillón.

—¡Y lo entiendo!, si a mí me hubieran puesto el nombre Coqui, no sólo estaría llorando, sino que estaría abriendo un expediente de queja en la comisión de derechos humanos. ¿Cómo se te ocurre bautizar a un perro con un nombre tan empalagoso?

—¿Empalagoso?

—¡Claro, Mariela! ¡Es un perro no un cono de algodón de azúcar!

—Mira, Francisca, si uno se dedicara a llorar por el horrible nombre que le ha tocado... tú deberías vivir pegada a un Kleenex.

Mariela dijo esto iluminada por una sonrisa irónica y desapareció como si nada, meneando su larga y rizada melena. Francisca se quedó masticando su furia ante la certeza de que si había algo que odiaba era el extenso, aparatoso y masculino nombre con el que la habían bautizado. Nombre con el que su padre había rendido homenaje a su abuela doña Genoveva Francisca de Mendoza, más conocida en las nostalgias familiares como la abuela Panchita.

Francisca colocó a Solón en el piso y el cachorro la miró feliz, como si hubieran pasado años desde que se separaron. Movió la cola-helicóptero y dio brinquitos de alegría, mientras ladraba con voz aguda.

—¿Me echaste de menos, Solón? ¿Odiaste esa casa de ricachones donde te pusieron nombre de mermelada?

Solón ladró y a Francisca le pareció que él respondía que sí. Al poco rato llegó Carolina y se encontró con la escena de película cursi.

—Por favor, parecen modelos para calendario de picantería: la tierna Francisca de rodillas en el patio del colegio, jugando con su dulce cachorrito Solón.

—Estoy en problemas, Carolina. Mariela no puede quedarse con el perro, ¿qué voy a hacer?

—No tienes alternativa... te sugiero que hagas lo que la gente del campo cuando ya no puede quedarse con la gallina como mascota, se la come con arroz y papas fritas.

—¡Idiota!

—Es una broma, no te enojes, Fran, pero si me preguntas creo que sólo tienes una opción y ésa es obedecer a tu papá. Vas a tener que dejar al perro en una tienda de mascotas para que allí se encarguen de venderlo.

—Pero es que yo no quiero deshacerme de Solón.

—Sí, ya lo sé, pero tú conoces la realidad, en tu casa no puedes tenerlo, en la mía tampoco, en la de Miguel menos, en la de Mariela ni qué decirlo... no seas terca, no tienes alternativa, o lo dejas en una tienda de mascotas o te lo comes con papas fritas.

Solón ladró una vez más, como si comprendiera que lo estaban incluyendo como ingrediente de una parrillada en la que no quería participar.

El día transcurrió mientras Francisca y Carolina se comían las uñas en el intento por encontrar una buena salida. Mientras tanto el cachorro permanecía en casa del conserje, donde su esposa lo cuidaba en secreto hasta que terminaran las clases.

—Señora Amelia, ¿no le gustaría quedarse con el perro? —preguntó Carolina—. Un perro es buena ayuda para cuidar el colegio, ¿no le parece?

—Parecerme, claro que me parece, pero la directora ha prohibido que tengamos animales en el colegio.

—Pero Solón es un pan de Dios —añadió Francisca—. Si hubiera un Premio Nobel de la Paz para perros, de seguro que Solón estaría nominado y, además, puedo garantizarle que está sanísimo, sin pulgas, sin parásitos, sin caries, sin mal aliento y sin malos pensamientos.

—No insistan, me encantaría, pero es imposible.

Nuevamente Francisca y Carolina se vieron en el punto de partida. Preocupadas pero no vencidas, decidieron tomar un autobús que las dejó en el parque de San Javier, muy cerca de la tienda de mascotas.

—Creo que no hay salida —dijo Carolina.

—¿Y si lo compra un desalmado que lo maltrata y lo mata de hambre? —preguntó Francisca intentando buscar en su amiga una aliada para no dejar al perro en la tienda.

—No seas pesimista, Fran, que también existe la posibilidad de que lo compre alguien con buen corazón... qué sé yo, una prima lejana de la Madre Teresa o un sobrino nieto de Rigoberta Menchú.

—¡O un psicópata que quiera hacer experimentos extraños con Solón!

—A ver, ¿qué tipo de experimentos por ejemplo?

—No lo sé, hay muchos locos por ahí que podrían querer averiguar cuánto tiempo vive un perro metido en el horno microondas o cómo se vería un perro con una sola oreja, ¿no crees?

—Ay, Fran, creo que la psicópata eres tú, deja de pensar tonterías y mejor vamos a la tienda de mascotas para preguntar cuál es el procedimiento para dejar allí al cachorro en consignación.

Cruzar la calle desde la acera del parque de San Javier hasta La Animalería se hizo eterno. Cuando al fin llegaron Francisca llevaba a Solón en sus brazos, mientras Carolina iba con todo el discurso administrativo en la punta de la lengua.

Empujaron la puerta de cristal y entraron. En el interior descubrieron a un joven que estaba limpiando unas jaulas.

Francisca lo miró. Él miró a Francisca. También Carolina lo miró. Y él también miró a Carolina.

Los tres cruzaron miradas.

Los tres cruzaron silencios.

Los tres se sonrojaron.

Y los tres experimentaron esa vergüenza extraña que sólo se siente entre desconocidos que tienen la misma edad.

—Hola, yo me llamo Carolina y ella, Francisca, queremos dejar este perro aquí hasta que alguien lo compre, ¿es posible?

—¿De quién es el perro? —preguntó Julián.

—Es de ella.

—¿Y por qué quieres deshacerte de él?

Ésa era una pregunta obligatoria para todos quienes dejaban a sus mascotas con el fin de que fueran vendidas, así se podría saber si el motivo era alguna enfermedad, una característica del animal que disgustara a su dueño o el simple deseo de hacer un negocio.

—¡No, yo no quiero deshacerme de él! —dijo Francisca enérgica.

—¿Entonces?

—Es que mis padres me han prohibido que lo tenga en casa, pero si yo pudiera, te aseguro que me quedaría con él.

Julián agarró al animal y comenzó a examinarlo minuciosamente. El cachorro temblaba, como si presintiera algo malo.

—¿Tiene nombre?

—Solón.

—¡¿Solón?! —preguntó Julián con los ojos que se desbordaban de su cara.

—Es un nombre horrible —dijo Carolina—, dilo, yo opino lo mismo, parece el nombre de un insecticida o de un medicamento para el sarampión, pero a Fran se le ha metido entre ceja y ceja que es un nombre exclusivo.

—¿Fran? —preguntó Julián.

—Sí, ella es Francisca pero yo la llamo Fran.

—¡Ay, Carolina, inventas cada cosa! Yo no he dicho que el nombre Solón me parezca exclusivo, he dicho simplemente que me gusta, aunque ahora, pensándolo bien, Solón parecería ser el nombre perfecto para un perro que se siente solo... como yo.

Al decir esta frase, Francisca se avergonzó, como si estuviera delatándose ante un desconocido.

Pero Julián no dio señales de haber escuchado, serio y corto de palabras, dijo:

—Bien, entonces quieres que nos encarguemos de venderlo, ¿cuánto quieres por él?

Los segundos pasaron y a Francisca le pareció horrible hablar de dinero cuando ese desenlace no tenía nada que ver con un negocio. Solón estaba ahí, con su cara de perro limón, mientras ella recordaba el inicio de toda esta historia, cuando el cachorro había llegado en su cumpleaños, dos semanas atrás, con una nota escrita por Miguel en la que le recordaba su promesa de no dejarla sola nunca. Quizás él intuía que Francisca debía estar descubriendo la soledad en esa casa, donde había demasiados silencios cargados de tensión y demasiados gritos innecesarios.

—No quiero nada, yo no quiero dinero.

—Pero...

—Lo que quiero es que le encuentres el mejor de los dueños a mi Solón.

—Entiendo, pero de todas maneras tendremos que ponerle un precio para venderlo, y luego, cuando alguien lo compre, yo tendré que darte lo que te corresponda.

Carolina, que tenía menos afectos por Solón y más visión de negocio, interrumpió:

—Muy bien, Fran, creo que necesitas dejarlo todo en mis manos, tú eres demasiado sentimental. Vamos a ver —dijo mirando a Julián—, tú que conoces del negocio cuánto crees que podríamos pedir por él.

—Mmmm, no sé, alrededor de $300 si tienes los papeles.

—¿Qué papeles? —preguntó Carolina que ya había comenzado a hacer cuentas de las veces que podrían ir al cine juntas y de la ropa que comprarían con todo ese dinero.

—Los papeles de su nacimiento, claro, los perros de raza tienen una documentación... un certificado de procedencia. Sin eso, el precio bajará a la mitad.

—No tengo ningún papel —dijo Francisca—, pero ya me escuchaste, yo no quiero dinero.

—¿Y crees que será difícil venderlo? —insistió Carolina con el signo de dólares en sus pupilas.

—No; será muy fácil, los labradores se han puesto de moda y todo el mundo quiere uno... una semana quizá.

—Ésa es una noticia buenísima —dijo Carolina.

—Es horrible —añadió Francisca en voz baja.

—No le hagas caso, mi amiga es un poco dramática, pero no tiene más opciones, o encuentra un nuevo dueño para Solón o se lo come con papas fritas. Sus padres no quieren verlo de nuevo en su casa.

Julián se acercó a Francisca, que a medida que había avanzado la conversación se había puesto cada vez más taciturna, y tratando de consolarla le dijo:

—Si no puedes tenerlo en casa, es mejor que otra persona se encargue de él.

Julián hizo un tímido intento por sonreír, Francisca casi, mientras Carolina continuó pensando en todo lo que podrían comprar con $150.

Minutos más tarde Francisca llenó un formulario que Julián le entregó y luego se acercó a Solón para despedirse de él, le dio un beso en la nariz húmeda que parecía una bola de chocolate, y en voz muy bajita le dijo acercándose a su larga oreja:

—Quizá no lo entiendas, pero no tengo alternativa, ¿me perdonas?

Y Solón movió la cola... quizás estaba respondiendo que sí.

Al salir de La Animalería, Carolina lucía contenta, había descubierto un negocio interesante.

Francisca, en cambio, no podía ocultar la tristeza, al llegar a casa subió a su habitación, miró la foto de Miguel pinchada en el corcho, y sintió que nuevamente se había quedado sola.

De: Ma. Francisca Hernández (mfh@latinmail.com)
Para: Ma. Paz Mendoza (pazyamor@hotmail.com)
Asunto: Sobre el trabajo de los incas

Hola, María Paz:

El próximo jueves tendremos que entregar el trabajo sobre los incas, yo ya he avanzado con mi parte y quisiera que nos reuniéramos para; hola, Miguel, hoy me siento fatal. He dejado a Solón en una tienda de mascotas, creo que ahora sí nos hemos separado para siempre. Ya sé que no te gusta que diga para siempre, porque uno nunca sabe, pero hay ocasiones como esta en que me late que tengo razón. El chico de la tienda dijo que en una semana, como máximo, le conseguirá dueño. Y eso está bien. Pero es horrible.

Cuando esta tarde llegué a casa, papá me felicitó por haber desaparecido a Solón de su panorama, lo llamó "mugroso perro", y yo sentí rabia. Papá sonrió y me dijo lo de siempre, que es por mi bien. Eso mismo dijo cuando le pregunté por qué te había prohibido que vinieras a visitarme. "Es por tu bien", dijo también cuando ayer lo descubrí revisando mi correo electrónico, y ahora lo recuerdo, esa misma frase era la que utilizaba cada vez que te golpeaba. Yo no entiendo, Miguel, ¿por qué rayos me siento tan triste cuando papá hace cosas por mi bien?

Lo siento, hoy no tengo ninguna broma para ti.

Un beso.

Y otro.

Francisca

De: Ma. Paz Mendoza (pazyamor@hotmail.com)
Para: Ma. Francisca Hernández (mfh@latinmail.com)
Asunto: Re: Sobre el trabajo de los incas

Hola, Francisca:

Todavía me falta algo de información sobre Túpac Yupanqui, pero creo que hasta mañana podré; hola, Ratón, perdóname, cuando te regalé el cachorro jamás pensé que te causaría tantos problemas, estaba casi seguro de que, por ser tu cumpleaños, papá te permitiría quedarte con él. Pero bueno, tengo que decirte algunas cosas, grábatelas bien en tu cabeza.

Lo primero, ni papá ni nadie tiene el derecho a quitarte la sonrisa, ¿entiendes? Enójate, ponte furiosa si quieres, pero no dejes que esos sentimientos te duren más de cinco minutos, porque si lo permites, entonces habrás perdido la batalla.

Segundo, no seas dura con papá, y mira que te lo estoy diciendo yo, que siempre me llevé con él como perro y gato. Cuando él te dice que hace las cosas por tu bien, está convencido de que es así, aunque a veces se equivoque. Él no quiere hacerte daño, como tampoco creo que quiso hacérmelo a mí, pero en ocasiones sus maneras son duras e incluso grotescas. Sé paciente, Ratón, y sé más hábil que él. No dejes que sus gritos y sus ofensas te afecten demasiado. Odia su violencia, pero nunca lo odies a él. Papá, aunque se crea Superman, es sólo un hombre que comete un millón de errores cada día, pero que, de esto estoy seguro, te quiere muchísimo. Sé que lo que te estoy pidiendo no es fácil, pero es necesario que aprendas a eludir los escobazos.

Y tercero, no te olvides jamás que te quiero, y que cuando me necesites estaré junto a ti. No estás sola, Ratón, tienes un hermano que te quiere, y un sobrino que comienza a dar patadas en la barriga de Ana.

M.

Un pez

Al día siguiente, al salir de clases, Francisca pasó por La Animalería, tenía la esperanza de ver allí a su cachorro. Cuando se bajó del autobús frente a la tienda, una sonrisa enorme se le dibujó desde la oreja izquierda hasta la misma oreja izquierda, dando vuelta alrededor de toda su cabeza. ¡Solón estaba ahí!

Entró emocionada y se encontró con Julián.

—Hola —dijo ella casi sin mirarlo y con el corazón que se le salía por la boca—, ¡qué alegría, aún Solón sigue aquí!

Julián, tímido y de pocas palabras, respondió:

—Sí, ya ves, mi abuelo dijo que hoy por la mañana hubo pocos clientes.

—¿Puedo sacarlo de la jaula?

—Sí.

Julián se acercó para ayudarla a sacar al cachorro que ladraba como si se le hubiera desatado la lengua.

—¿Cómo te llamas? Ayer olvidé preguntártelo.

—Julián.

—Bueno, mucho gusto Julián, yo me llamo...

—Francisca, lo sé.

Ella lo miró extrañada y no pudo evitar que se le escapara una sonrisa mezclada con veinticinco por ciento de rubor.

Le llamó la atención que él recordara su nombre y con eso se sintió extrañamente halagada. "Él sabe mi nombre, él sabe mi nombre", se repitió a sí misma con una emoción disimulada que a ella misma sorprendió. Julián orientó su vista a otro punto de la tienda e hizo como si Francisca no estuviera ahí.

Ella permaneció sentada junto a las jaulas durante quince minutos, el tiempo suficiente para que sus padres no se alarmaran demasiado y para jugar con Solón... Jugar con su cachorro era como si sonara la campana del recreo para el alma de Francisca. La alegría se desperdigaba sin control.

Con Julián casi no habló, él parecía muy concentrado arreglando algunos sacos de alimento para mascotas, pero ella no pudo dejar de observarlo con el rabillo del ojo, muy discretamente. Midió sus pasos, se fijó en el color de sus ojos, en el largo y ancho de sus brazos, en el desorden de su cabello rizado.

Cuando al día siguiente llegó emocionada al colegio le dijo a Carolina:

—Solón sigue en la tienda, nadie lo ha comprado.

—¡Qué bien! Entonces fuiste a verlo.

—Sí y descubrí, además, que Julián, el chico de la tienda, recuerda mi nombre, ¿no te parece extraño?

—¿Y qué tiene eso de extraño, Fran?

—No sé, me parece curioso, yo no recuerdo haberle mencionado mi nombre. Él es un desconocido que de pronto me llama Francisca, eso no me ocurre todos los días...

—A mí no me parece nada raro, sería un mérito que él recordara tu nombre si te llamaras Yasenkapova, Telésfora o Ludovica, pero te llamas Francisca, tampoco es tan difícil de recordar, ¿no? Además, yo misma repetí tu nombre varias veces la tarde en que fuimos a dejar al cachorro y luego tú debiste apuntarlo en el formulario que él te dio.

Carolina tenía razón, sus palabras eran el extintor de incendios que acababa de apagar una discreta llama: la historia que inconscientemente Francisca había comenzado a escribir en su cabeza. Ella había querido pensar que Julián, intrigado por conocer su nombre, había movido cielo y tierra para descubrirlo.

—Te conozco, Fran —dijo Carolina—, de seguro lo imaginaste contratando los servicios de James Bond o del FBI para averiguar tu nombre, tonta.

—Ay, Carolina, claro que no, sólo me llamó la atención porque no recordaba haber dicho mi nombre el día en que fuimos a la tienda, pero mejor me alejo, porque ya noto que tu glándula de la ironía está comenzando a segregar un líquido venenoso.

Francisca se fue caminando con rabia, odiaba admitir que Carolina la conocía como a la palma de su mano, pero también le molestaba acabar con una idea bonita que le había rondado durante algunas horas: la de Julián grabando en su cabeza el nombre "Francisca".

Visitar la tienda después de clases se convirtió en una rutina, durante los primeros días el padre de Francisca, intrigado por los continuos retrasos a la hora del almuerzo, había exigido una razón.

—Es que estamos preparando la coreografía para la elección de la reina del colegio —había respondido ella— y lo hacemos siempre después de clases, nos toma alrededor de media hora... pero, por favor, no me esperen para el almuerzo, ¿de acuerdo?

Mentir no era una de sus acciones preferidas, pero en este caso se había vuelto indispensable, porque estaba claro que a sus padres no les agradaría saber que continuaba viendo al mugroso perro, como "cariñosamente" llamaban a Solón.

Dos semanas después de que el cachorro había llegado a La Animalería, aún no aparecía ningún interesado en comprarlo, para Francisca eso era un milagro y para Julián, un fenómeno.

En ese tiempo ella había comenzado a masticar un plan buenísimo, digno de la más astuta estratega. Ese plan sólo había sido revelado a Carolina y a Miguel, a la una por vía directa y al otro a través del correo electrónico:

Si logro que Julián sea mi amigo, le podré pedir que no venda a Solón, que se lo quede él, y que convenza a su abuelo para que acepte la propuesta. Él es el candidato perfecto para adoptar a mi perro... ama a los animales, ¡y permitirá que yo lo vea siempre que quiera! Sólo tengo que conseguir que él se convierta en mi amigo y que quiera quedarse con Solón.

Miguel había respondido:

Es un plan interesante, salvo que estarías utilizando a Julián y eso no me parece correcto. Dime una cosa... si no existiera Solón, ¿estarías tan interesada en que ese muchacho fuera tu amigo? Cuando tengas esa respuesta, entonces sabrás si el paso que estás dando es el correcto.

Francisca sabía que, al menos de momento, la respuesta era negativa, que, sin Solón de por medio, Julián no sería más que "el chico simpático de la tienda de mascotas", pero intentó justificarse ante su hermano respondiendo que no le quedaba demasiado tiempo, que en cualquier instante podría aparecer por la tienda algún interesado en comprar un labrador y que entonces sí perdería de vista para siempre a su cachorro.

Por su parte Carolina había dicho:

—Es una buena idea, Fran, pero un pésimo manejo de lo económico... Acuérdate que ya separé en una tienda la ropa que compraríamos con los $150 que nos darían por Solón.

El plan tenía que funcionar y para ello había un primer paso inevitable: ganarse la confianza de Julián.

Eso no tenía por qué lucir complicado... "Los niños lo logran muy fácilmente", había pensado ella al elaborar su estrategia, "los niños se acercan uno a otro y se dicen muy cómodamente: "¿Quieres ser mi amigo?". Y ya está".

El único problema era que Francisca ya no era una niña, tenía catorce años y a esa edad aparecen los granos en la cara... y las inseguridades en el alma.

Esa tarde en que caminaba rumbo a La Animalería, decidió tomar al toro por los cuernos, comenzaría a cultivar la amistad con Julián... aunque para eso tuviera que ignorar los granos y las inseguridades.

Llegó a la tienda, llenó sus pulmones de oxígeno, intentó que los colores no se le subieran al rostro y lanzó la primera pregunta personal-cercana-íntima-privada-sólo entre panas, con la que pretendía suavizar el ambiente y ganarse la confianza de su potencial amigo:

—Julián... no me has dicho cuántos años tienes.

Francisca había medido la respuesta... En sus planes Julián respondía entusiasmado: "Me alegra que me hagas esa pregunta, tengo xx años, nací el x de abril, soy de signo Aries... ¿y tú?".

Pero en la realidad el muchacho la miró con extrañeza y respondió con un tono de voz muy seco:

—Quince.

(Silencio de ocho segundos que pareció durar ocho horas).

Él no había pronunciado el indispensable "¿y tú?" que daría pie para que el diálogo continuara. Francisca sintió que, si no lograba sacar de su sombrero de maga una nueva pregunta de respuesta múltiple, el plan comenzaría a tambalear. Sin darse por vencida y ya algo turbada volvió al ataque.

—Ah, qué bien, y... ¿quieres adivinar cuántos años tengo?

En los planes, luego de que Francisca hacía esa pregunta, Julián la miraba atentamente e intentaba entrar en el juego, él respondía: "A veeeeer, a veeeeer, quizá tienes trece o quizá catorce, pero también podrías tener quince, no lo sé, anda, dime tú". Entonces Francisca decía: "No, adivina"; y él: "No, dime tú"; y ella: "No, Julián, adivina"; y él: "No, Francisca, dime tú"; y ella: "Que no, Julián, adivina"; y él: "No, dime tú"; y ella: "No te lo diré, pero te daré un plazo, tienes hasta mañana para adivinar mi edad". Entonces, Francisca se iba contenta a casa, mientras Julián se quedaba intrigadísimo hasta el día siguiente.

Pero en la realidad Julián sólo dijo:

—Catorce.

(Otro silencio, largo, largo, largo, como la Muralla China).

Nuevamente Francisca al ataque... aunque ya un poco magullada.

—Sí, adivinaste, tengo catorce años, somos casi de la misma edad.

—Ajá.

—Y, Julián, ¿la tienda es de tu abuelo?

—Ajá.

(Dos "ajás" en menos de diez segundos, eso era nefasto).

Las cosas no estaban saliendo bien; en los planes se suponía que Julián tendría que alegrarse y hablar de su abuelo, de sus padres, de sus tíos, de sus primos... En fin, de todo el árbol genealógico, hasta llegar a Adán y Eva, los amigos hablan de sus familias, ¿no? y por muy aburrido que resulte el tema, ése es un buen paso para ganar confianza.

(A Julián hay que sacarle las palabras con cuchara).

Francisca volvió a insistir:

—¿Y tus padres, Julián? ¿Tú vives con ellos aquí en el piso superior de la tienda?

Francisca lanzó la pregunta como si nada, como si se tratara del interrogante más natural de la vida, como si estuviera preguntando: "¿Cuántos dedos gordos tienes en cada pie, Julián?". Jamás imaginó que ésa fuera una pregunta bomba que iría explotando en cada palabra de su respuesta. Era la pregunta más difícil de responder para Julián, porque él sabía que, por mucho que intentara ser claro, su respuesta dejaría lugar para nuevas y dolorosas preguntas.

—Vivo con mi papá que está un poco enfermo (¡booom!) y con mi abuelo. Mi mamá no vive con nosotros (¡booom!) desde hace varios años (¡booom!).

Francisca entendió la incomodidad de Julián, y quiso parecer fresca, inmutable, como si la respuesta la hubiera dejado satisfecha, aunque no fue así.

—Yo sí vivo con mis padres —dijo ella.

—¿Y tienes hermanos? —preguntó Julián esta vez intentando desviar la conversación a un territorio menos doloroso que el de su vida familiar.

Si lograba que la curiosidad de Francisca se alejara, él podría respirar tranquilo. Pero ahora fue Francisca quien sintió la angustia de las granadas explotando en sus palabras, y es que nunca sería fácil de explicar lo que ni siquiera ella entendía: que gracias a una decisión de su padre, que se había tomado entre gritos y golpes, Miguel y ella hubieran tenido que decirse adiós.

—Tengo un hermano, tiene veintidós años y ya no vive en casa (¡booom!), porque... bueno... (¡booom!) tuvo algunos problemas con papá (¡booom!) y tuvo que irse, y ya no puedo verlo (¡booom!).

—Ah —respondió Julián intentando lucir tranquilo pero, por supuesto, se quedó enfrascado en más de una inquietud.

En ese momento la puerta de la tienda se abrió y un hombre más o menos joven entró. Cuando Julián le preguntó en qué podía ayudarlo, el hombre dijo estar interesado en comprar un perro para su novia. Francisca y Julián se quedaron fríos, el único cachorro de venta era Solón.

—¿Tiene que ser un perro? —preguntó Julián.

—Bueno, creo que sí, ¿por qué lo preguntas?

—Porque quizá podría usted pensarlo un poco más, hay otras mascotas que también son muy lindas, unos periquitos, por ejemplo, una tortuga, un conejo, un hámster o un pez dorado...

—Gracias, muchacho, pero no, creo que lo que quiero es un perro, ¿qué opciones tienes?

El hombre volteó a mirar a Francisca, que tenía en brazos a Solón y, creyendo haber descubierto su respuesta, se aproximó al cachorro y dijo:

—Es un bonito labrador, podría ser, seguro que le va a encantar, ¿cuánto cuesta?

Francisca apretó tanto tanto a Solón contra su pecho que el cachorro lanzó un gemido, entonces Julián dijo:

—Lo siento, señor, pero el único cachorro que teníamos lo acaba de comprar esta señorita, si usted se acerca a la tienda el fin de semana tendremos un pastor alemán y un golden retriever que vienen directamente de los criadores.

El hombre agradeció y salió. Francisca, con Solón aún en brazos, se quedó muda.

—Gracias —atinó a decir ella con el corazón latiendo a mil por hora—, muchas gracias.

—Por nada.

Julián sonrió y Francisca casi.

El miedo a perder a Solón la había dejado casi paralizada. Dejó al cachorro nuevamente en la jaula y tomó la mochila que había abandonado en una esquina.

—Me tengo que ir.

—Sí, adiós.

—¿Puedo preguntarte algo, Julián?

—Sí.

—¿Por qué lo hiciste? ¿Por qué no le vendiste el perro al señor que quería comprarlo?

Julián abrió sus grandes ojos verdes y primero miró al cachorro, luego miró hacia el techo, recordó a la gata que lo había lastimado cuando él había intentado separarla de su cría... Se miró a sí mismo y pensó que, años atrás, quizá no hubo nadie cerca que evitara que esa gata de ojos verdes, que era su madre, lo dejara solo.

—No habría podido hacerlo —respondió—, no preguntes más, sólo te diré que no habría podido quitarte a Solón para ponerlo en manos de ese señor. Eso habría sido triste para ti y, aunque no lo creas, también para mí.

Francisca abrió la puerta de cristal de la tienda, volvió a mirar a Julián, le dedicó una última sonrisa de gratitud y salió.

—No —repitió Julián ya sin que nadie lo escuchara—, no habría podido.

***

Al llegar a casa Francisca abrió la puerta y se encontró con sus padres esperándola en la sala, en esta ocasión se había retrasado un poco más de lo habitual.

Tratando de anticiparse a la bronca ella dijo:

—Lo siento, llego tarde porque el autobús se detuvo por más de quince minutos en un atasco horroroso en la avenida Eloy Alfaro, todo por culpa de un auto con la llanta desinflada, el tráfico es imposible. No me habrán esperado para comer, ¿no?

Mientras lanzaba esta historia, Francisca trató de medir la respuesta, sólo así sabría adónde dirigirían el siguiente escobazo. Ágil y rápida como un ratón, intentó prever cada palabra que recibiría desde la rabia gritona de su padre y cada silencio desde su madre, casi imaginó el discurso: "¡Claro que te hemos esperado por más de una hora para comer!, y no vengas con el cuento del atasco en la Eloy Alfaro, ¿dónde te habías metido?".

Pero no, cuando ella terminó de contar su historia de la llanta desinflada, sus padres seguían sentados en la sala, mirándola, y, extrañamente, ambos lucían amplias sonrisas dibujadas en sus labios, sí, ¡grandes sonrisas!

Francisca pensó entonces que quizá se habría equivocado de casa, que aturdida y embobada por el recuerdo de los ojos verdes de Julián, habría caminado en sentido contrario y por la acera equivocada hasta dar con una casa muy parecida a la suya; que habría entrado a una sala muy similar a la de su casa y que en el sofá habría encontrado a esos dos señores casi idénticos a sus padres, pero con una diferencia que los delataba: la sonrisa. A punto de pedir disculpas y salir corriendo a buscar a su propia familia, escuchó a ese señor extraño decir, con una voz muy similar a la de su padre:

—No te preocupes, hija, ya comimos y tu plato te está esperando en la mesa.

"¡Hija!", el señor había dicho "hija", eso significaba que ésa era su casa y que ese hombre sonriente era su padre. Intrigada e incluso asustada preguntó:

—¿Pasa algo?

—No, ¿por qué? —respondió la madre.

—No lo sé, siento algo raro en el ambiente, como si fuera Navidad o como si Japón nos hubiera declarado la guerra...

—No pasa nada, hija, ve a tu cuarto, cámbiate de ropa y baja a comer.

Francisca subió a su habitación lentamente, intentando descifrar qué rayos habría ocurrido con su familia durante las horas que ella había pasado en el colegio.

Pensó que quizá los extraterrestres habrían aterrizado en el jardín de su casa y se habrían llevado a sus padres a un planeta distante, y que esos señores sonrientes, que estaban sentados en la sala, serían unas reproducciones falsas suavizadas y alegres que los marcianos habrían dejado en casa para no llamar demasiado la atención.

Pensó también que tal vez el almuerzo les habría provocado una reacción química inesperada y, que gracias a las propiedades milagrosas de una extraña especie de lechuga andina, de pronto sus padres habrían dejado de ser amargos para convertirse en dos personas simpáticas y frescas como una lechuga (andina).

Cosas así de curiosas las había visto en la televisión, gente que desaparecía luego de misteriosos avistamientos de platillos voladores, gente que antes de probar la valeriana o la uña de gato tenía un genio infernal y que después se convertía en un manso corderito, una Miss Universo que se volvía gorda gorda, y que luego se tornaba nuevamente guapa y casi anoréxica gracias a una pastilla cien porciento natural que debía contener extracto de cucaracha.

Francisca abrió la puerta de su cuarto, lanzó la mochila al piso, comenzó a quitarse el uniforme y entonces sintió que alguien la observaba.

Sí, alguien con enormes ojos la observaba.

Al rato bajó hasta el comedor, se sentó y los dos señores amables, sin modificar una sonrisa que ya parecía tatuada en sus rostros, le preguntaron:

—¿Todo bien, hija?

—Sí, todo bien.

—¿No notaste algo diferente en tu habitación?

—Bueno, ahora que lo mencionas, papá, creo que sí, encontré sobre mi escritorio un pez.

—¿Y? —preguntaron los dos emocionados como si en lugar de un pez se tratara de Miguel Bosé encerrado en una pecera.

—Está muy bonito —respondió Francisca—, ¿qué hace ahí?, ¿de quién es?

—Bueno, hija, tú querías una mascota y ya la tienes.

Francisca sonrió mientras masticaba el brócoli que tenía en la boca. Sus padres se quedaron mirándola y esperando que ella agradeciera el regalo. Ella pensó en Miguel, en Solón, trató de recordar si alguna vez había pedido como regalo un pez... pero no. Sus padres continuaban mirándola, y ella tuvo que señalar con el dedo índice su boca llena para que entendieran que, tan pronto terminara de tragar, agradecería. Fue el brócoli más masticado de la historia, tres minutos después y con ganas de confesar a voz en cuello: "¡La mascota que yo quiero es Solón!", Francisca dijo:

—Gracias, es un regalo muy lindo.

Esa tarde Francisca se pasó durante horas y horas tratando de entender la actitud de sus padres. Miraba al pez dorado dar vueltas interminables en la pecera, sin reparar en el mundo exterior. Ella ahí, fijando su mirada en ese inesperado habitante de ojos saltones que había llegado a su vida, y él ignorándola como si el mundo se redujera a ese recipiente de cristal repleto de agua.

Aburrida tomó el teléfono y llamó a Carolina.

—Mis padres me regalaron un pez dorado.

—Qué bien —respondió Carolina.

Ella siempre decía: "¡Qué bien!". Cualquiera podría comentarle: "Tengo tres orejas", y ella respondería: "¡Qué bien!"; "Quiero ser diputada", "¡Qué bien!"; "He descubierto que mi verdadero padre es Michael Jackson", "¡Qué bien!".

—¡Es un pez, Carolina!

—Sí, ya te oí, es un pez no una lombriz, no veo por qué tienes que poner voz de asco.

—Es que no comprendo; si he pasado mis catorce años pidiendo que me regalen un perro: un animal grande, peludo, con orejas largas y nariz húmeda, por qué entonces mis padres me regalan un animal pequeño, con escamas, sin orejas y sin nariz.

—Tienes poca experiencia en materia de padres.

—¿Qué quieres decir?

—Quiero decir que no importa qué cosa pidas a tus padres como regalo. Siempre te darán lo que a ellos les guste o lo que no pudieron tener a tu edad. Cuando a los siete años pedí una Barbie, mi mamá me regaló una muñeca enorme, con los ojos tan abiertos que parecía poseída por el demonio, era una muñeca de piernas gordas y manos de empanada, con un horrible vestido de princesa. Cuando la recibí, mi mamá tenía una sonrisa que no olvidaré jamás... Esa muñeca era, en realidad, para ella. Cuando mi hermano Mateo pidió que le regalaran un perro, fue muy claro al señalar que quería un beagle. Bueno, lo que recibió fue un pastor alemán, muy lindo, claro, pero un pastor alemán es el perro que papá jamás pudo tener y del que siempre habló, recordando su infancia en cada desayuno dominical: "Cuando era chico me gustaba ver *Las aventuras de Rin Tin Tin*". Y claro, resulta que con ese nombre de tanga brasileña, Rin Tin Tin era el pastor alemán de moda en un programa de televisión del año cataplum. Si tu padre te ha regalado un pez, de seguro ése es el pez que sus padres, o sea tus abuelos, jamás le regalaron. Así es la vida, Fran, bienvenida al mundo real... y por cierto, ¿qué has sabido de Solón?

—Esta tarde pasé por la tienda de Julián y, afortunadamente, mi cachorro sigue ahí. Pero, mientras Julián y yo seguíamos charlando llegó un hombre que quiso llevarse a Solón, pero Julián lo evitó. Julián es... es... muy especial, ¿sabes?

—Cuatro.

—¿Cuatro qué?

—Cuatro veces, Fran, has repetido el nombre de Julián cuatro veces en menos de un minuto... o has decidido practicar las palabras que comienzan con J o aquí está ocurriendo algo.

—Ay, Carolina, Carolina, lo único que está ocurriendo es que ya tengo que colgar, hablamos mañana, adiós.

Francisca se tumbó en la cama mirando al techo, sonrió y decidió pronunciar por quinta vez el nombre de Julián.

—Julián...

II

Sí, Francisca había comenzado a experimentar con mucha intensidad algo que podía sentir en el corazón, cerca de la sonrisa y alrededor del ombligo (y quizá también en la rodilla, como cuando el doctor te da un golpecito en el mero centro y la pierna se levanta sola, obedeciendo feliz a una orden que no se la has dado tú, sino un ser distinto que está fuera de ti... pero que provoca cosas dentro de ti).

Era una sensación rara que no se asemejaba a ninguna de las que Francisca tenía codificadas en su memoria afectiva. No era miedo, pero hacía que la piel se le pusiera como la de una gallina. No era vergüenza, pero hacía que los colores se le instalaran en su rostro. No era la felicidad de cuando conocía todas las respuestas de un examen, era una felicidad alocada que sólo encontraba preguntas y ninguna respuesta.

—Es curioso, Carolina —le dijo mientras devoraban sendas hamburguesas en la cafetería del colegio—, cuando estoy con Julián siento una mezcla extraña de... cosas.

—Veamos si te entiendo, Fran, una mezcla extraña como si... en lugar de echarle mostaza a una hamburguesa, ¿le echaras dulce de leche?

—No exactamente.

—Bien, veamos entonces... una mezcla extraña como si en lugar de acompañar la hamburguesa con una Coca-Cola, ¿la acompañaras con un vaso de leche?

—Tampoco.

—¿Como si en lugar de comer una hamburguesa de carne de res, te comieras una hamburguesa con carne de murciélago?

—No de murciélago, pero sí de mariposa.

—Guácala, Fran, una hamburguesa de mariposa es una cosa asquerosa.

—¿Sólo sabes buscar ejemplos con hamburguesas, Carolina? Lo que quiero decir es que siento una mezcla extraña como... como si en lugar de tener mi estómago vacío como casi siempre, hoy tuviera allí dentro una mariposa aleteando alrededor de mi ombligo.

—Pero una mariposa es un bicho horrible.

—No es cierto, Carolina... una mariposita es...

—Es un gusano con alas de colores, Fran, un gusano con enormes ojos como de marciano y antenas de caracol. Es un bicho horrible que ha tenido buen *marketing* y todos consideran que es como "una florcita voladora", ¡pero nunca dejará de ser un gusano peludo!, por muy bonito que sea su traje.

—Será mejor que cambiemos de ejemplo, porque entre hamburguesas y bichos peludos no estamos llegando a lo que quiero decirte.

—¿Y por qué no dejas de adornar las cosas y me dices exactamente qué es lo que te está pasando?

—Lo que está pasando, Carolina, es que no dejo de pensar en Julián.

—¡¿Y?! Eso yo ya lo sabía desde que el primer hombre llegó a la luna.

—¡Mentirosa!

—Mira, Fran... es más fácil ocultar una espinilla en la punta de la nariz que el amor.

—Yo no estoy enamorada, Carolina, sólo digo que me pasa algo extraño cada vez que estoy con Julián, y me encantaría saber si a él le ocurre lo mismo.

—Pues mientras sigas haciéndote la pregunta tú sola... seguirás sin respuesta.

—¿Qué quieres decir?

—Que más te vale que vayas a la tienda de Julián, lo enfrentes mirándolo a los ojazos verdes que tiene, y le preguntes: "¿Yo te gusto?".

—Por favor, Carolina, Julián es tan tímido que se pone verde cada vez que llego a la tienda, y cada vez que cualquier persona llega a la tienda. Si yo lo enfrento y le digo: "¿Te gusto?"... Tendré que llamar al 911 porque de seguro caerá desmayado.

—De acuerdo, puede ser algo violento, mejor olvídalo; pero tienes otro camino para averiguarlo.

—¿Cuál?

—El perfume... una técnica milenaria un poco más lenta pero efectiva, ¡ya lo verás!

—¿Y de qué rayos se trata?

—Muy fácil, tienes que usar un perfume que te identifique. ¿Tienes uno en casa?

—Sí, uno que me regalaron en mi cumple.

—Bien, a partir de mañana tendrás que ponerte ese perfume detrás de las orejas, en la frente, en las muñecas, en el cabello, bajo la nariz, en las manos, alrededor del ombligo, en la clavícula y en los omóplatos.

—¿También en los omóplatos?

—¡Claro!

—Pero ningún chico se fija jamás en los omóplatos de una chica.

—Precisamente por eso, Fran, porque casi nadie se pone perfume allí. Si cuidáramos más de esa parte de nuestro cuerpo, no nos extrañaría que un chico nos dijera por la calle: "¿Te he dicho que tienes los omóplatos más lindos del mundo?"; o: "¡Tienes los omóplatos de un ángel!".

—Bueno, bueno, dale, qué debo hacer luego de colocar perfume en casi todo mi cuerpo.

—Luego de bañarte en perfume durante varios días, hasta que todo el aparato respiratorio de Julián identifique tu olor, entonces comienza la segunda parte que es infalible...

—¡Me estás crispando los nervios! ¡Cuál es esa segunda parte!

—Bueno, cuando el subconsciente de Julián identifique tu aroma, entonces tendrás que colocar ese perfume en todos los lugares de la tienda donde te gustaría que él te recuerde.

—No entiendo.

—Colocarás un poco de tu perfume, sin que Julián se dé cuenta, en el teclado de su computadora, en las jaulas de los animales, en los animales, en las bolsas de alimento para mascotas, en la puerta de La Animalería, en el auricular del teléfono... y así, cuando Julián se acerque a la jaula del hámster, se acordará de ti. Y cuando alguien llame al teléfono y él diga: "Aló", se acordará de ti. Y cuando vaya a revisar el agua de las peceras... se acordará de ti.

—¡Qué buena idea!, colocaré mi perfume en todos los lugares, objetos y animales de la tienda.

—¡No!, en todos los lugares no, Fran, jamás pongas tu perfume en el papel higiénico. Eso puede ser muy muy desagradable.

Al día siguiente Francisca puso en práctica el consejo de su amiga Carolina. Llegó a la tienda, pero para su mala suerte Julián estaba resfriado y el único aroma que invadía el lugar era el del mentol que la señora Nancy le había puesto en la espalda, y el de la limonada caliente que reposaba en la mesa.

Dos días más tarde, cuando ya no había resfrío de por medio, Francisca, impaciente en la búsqueda de resultados, llegó bañada en el aroma de Sweet Mistery for Teens, y aprovechó cada descuido de Julián para esparcir su perfume en las jaulas, en la computadora, en el lomo del hámster, en la puerta, en las bolsas de alpiste...

"De seguro que, con esto, me quedo grabada en su mente y tarde o temprano tendrá que confesarme que le gusto", pensó Francisca mientras seguía con su plan.

Al rato Julián comenzó a estornudar, Solón también, los peces se escondieron detrás de una gran sirena de plástico que estaba en el fondo de la pecera, el hámster se rascaba todo el cuerpo con desesperación, y uno de los pajaritos cayó fulminado, tieso y con el pico abierto, asfixiado por Sweet Mistery for Teens.

El abuelo entró, casualmente, y al descubrir este pequeño caos dijo exaltado:

—¡Abran las ventanas! ¡La tienda huele a chivo!

Francisca inventó un pretexto para escapar con el aroma del delito adherido a su rostro, a sus manos, a su cabello y, por supuesto, a sus omóplatos. Al llegar a casa llamó a Carolina y le dijo:

—Gracias a ti ahora Julián me recordará cada vez que vea un chivo. La próxima ocasión que quiera conseguir novio recuérdame no hacer caso de tus infalibles técnicas milenarias.

—Y ahora, ¿qué harás?

—Utilizaré una táctica personal.

—¿Cuál?

—Seré yo misma.

—Por Dios, Fran, "seré yo misma" es la táctica que utilizó mi tía Genoveva que ya cumplió ochenta y siete años de solterona.

—Pues bien, no me importa lo que le haya pasado a tu tía Genoveva que, por cierto, tiene un bigote de pirata impresionante, me quedaré solterona, pero no seré la responsable de la muerte de otro inocente pajarito.

Una mariposa

Ésa sí que era una sorpresa; cuando Julián vio entrar a su padre del brazo de su abuelo a La Animalería, sintió una gran emoción. El hecho era absolutamente inusual. Su padre estaba, casi siempre, encerrado en su cuarto mirando la televisión o mirando a la nada. Desde que, producto de su enfermedad, en algún momento había comenzado a manifestar con insistencia su deseo de morir, el abuelo había decidido mantenerse alerta y evitar que saliera de casa o que estuviera solo.

La tienda no le atraía, siempre había mostrado su fastidio ante los ruidos y el olor de los animales.

—Hemos decidido salir a dar un paseo —le dijo el abuelo a Julián— y quisimos saber si te gustaría unirte.

—Pero, ¿quién cuidará la tienda?

—Nadie... hoy los tres Julianes nos vamos de paseo, ¿qué te parece?

—¡Genial! Sólo tengo que terminar de enviar un pedido por correo electrónico a los proveedores de alpiste, y en seguida podremos salir.

Mientras Julián aceleraba su trabajo frente a la patalla de la computadora, su padre comenzó a pasear silenciosamente por la tienda, miró a los pericos que, también intrigados, voltearon sus cabezas graciosamente para analizarlo. Luego tomó en sus brazos a un conejo que nervioso comenzó a mover sus patas intentando escapar.

El abuelo y Julián lo observaban con atención, el hombre parecía estar descubriendo a los animales, con la misma expectación que manifestaría un niño pequeño. Los miraba con extrañeza, sonreía, los acariciaba. Veía los peces como si acabaran de ser inventados por Dios. Cuando vio a Solón se aproximó a él, abrió la jaula y lo sacó. El cachorro comenzó a mover su cola a mil por hora, ladró contento, sus orejas parecían alas y daba la impresión de que en cualquier momento saldría volando, como el elefante Dumbo. Lo dejó en el piso y el cachorro estiró sus patas, bostezó con tal fuerza que un sonido agudo escapó de su garganta y tembló desde la cabeza hasta la cola.

El hombre esbozó una sonrisa que hijo y abuelo no habían contemplado hacía mucho tiempo.

—¿Quieres que el perro nos acompañe en el paseo? —preguntó el abuelo entusiasmado.

El hombre miró a su padre y, sin borrar la sonrisa, movió su rostro para decir que sí.

Aquella fue la primera de algunas tardes en que los tres Julianes saldrían a pasear por la ciudad.

Y de esa primera vez, únicamente Solón sería testigo.

***

Lo primero fue buscar un nombre para el pez dorado, Francisca necesitaba llamarlo de alguna manera y esto no le resultó nada fácil. A lo largo de toda su vida había pensado y repensado el nombre que le daría al perro que alguna vez tendría, pero, ¿un pez?, ¿cómo llamar a un pez cuando jamás imaginó que le regalarían uno?

Esto de los nombres siempre le pareció un tema muy delicado. ¡Claro, cómo no!, ella vivía pegada a un nombre que le parecía horrible, y por eso no podía evitar experimentar alguna dosis de rabia contra sus padres porque intuía que catorce años atrás no se habían tomado el tiempo necesario ni el cuidado indispensable para elegir para ella un nombre más amable, más corto y más lindo. Cuando niña, Francisca siempre proponía a sus amigas del barrio que al inicio del juego todas se cambiaran de nombre.

—Yo me llamaré Gretel —pidió a esas amigas desde los cinco hasta los siete años, como resultado del cuento de Hansel y Gretel que Miguel le había contado una noche antes de dormir.

Luego decidió que se llamaría Camila y ése fue su nombre oficial para los juegos desde los ocho hasta los nueve años.

—¡Llámenme Yajaira! —fue la exigencia a partir de los diez, luego de haber visto por varios meses una telenovela venezolana, cuya protagonista, bella, pobre, sufridora, ignoraba que al final de la serie se convertiría en una heredera millonaria.

En fin... los únicos peces que Francisca conocía carecían de nombre, venían en lata o en filetes congelados y nunca se vio en la necesidad de nombrarlos antes de devorarlos con arroz y patacones.

Luego de largas cavilaciones, decidió llamar a su pez dorado con un nombre muy poco común: lo llamó Gato. Sí, Gato. La reflexión fue algo compleja, pero cien por ciento sustentable. Francisca pensó que a los peces de pecera siempre se los come un gato, por lo tanto, si bautizaba a su pez dorado con el nombre de su más terrible enemigo, quizá lo ayudaría a ganar autoestima y a perder el miedo. Un pez tiene miedo a un gato, pero un gato frente a otro Gato se miden de igual a igual. Un pez con personalidad de Gato quizá sería una versión de pez Schwarzenegger.

Fue exactamente eso lo que le explicó a Carolina, esa mañana cuando llegó al colegio.

—Me parece un buen razonamiento pero...

—Ay, Carolina, Carolina, ya te veo venir con una idea de locos.

—No, Fran, sólo estoy pensando en que si todos tuviéramos que adoptar el nombre de quien más miedo nos produce... yo tendría que llamarme Fantasma. Sería gracioso, ¿verdad? Hola, mi nombre es Fantasma Pérez.

Carolina rio y luego lanzó la pregunta:

—Y tú, Fran, ¿qué nombre tendrías?

Francisca se quedó pensando y un poco triste respondió:

—Creo que yo me llamaría Aurelio, como papá.

—...

En el intento por cambiar de tema, Carolina preguntó:

—¿Has visto a Solón? ¿Alguna novedad?

—Hoy iré a visitarlo. Ayer pasé por la tienda, pero no pude quedarme, Solón sigue ahí, sólo pude mirarlo a través del cristal. Quise entrar pero, como hoy teníamos prueba de Matemáticas, ya sabía que si entraba luego no querría salir, así es que preferí evitarlo. Ya han pasado varias semanas desde que lo dejamos ahí y... siento miedo de llegar una tarde y ver esa jaula vacía.

—Mira, Fran, creo que debes dejar de pensar en Solón... olvídalo, si no encuentra un nuevo dueño hoy, será mañana o el fin de semana, pero lo cierto es que ya no es tu cachorro y nunca más lo será. No creo que Julián y su abuelo decidan quedárselo, su negocio es vender animales, no quedarse con ellos. Hazme caso, olvídalo. Olvida toda esta historia que inició con un regalo equivocado de Miguel. Si a tu hermano se le hubiera ocurrido regalarte una chaqueta en lugar de un perro... no estaríamos en este dilema.

Carolina tenía razón, pero Francisca por algún motivo que no sabía explicar continuaba abrigando la esperanza de que el cachorro volviera a ser suyo, de que su padre despertara un día sin el peso del rencor que lo había llevado a echar a Miguel de casa y le concediera a Solón una nueva visa indefinida. Francisca creía posible que sus padres entendieran que ella amaba a su cachorro, porque luego de Miguel, el único ser en casa que le había demostrado afecto con abrazos y con mimos era ese animal negro con cola de helicóptero.

—Yo no quiero un pez, Carolina, un pez es una mascota tonta.

—Los peces son lindos, Fran, tampoco te pongas pesada.

—Bueno, sí, Gato es muy bonito, pero cuando me acerco a la pecera y le hablo... él me ignora.

—¿Y qué quieres?, ¿que te hable?, ¿que te cante una canción de Luis Miguel?, ¿que te lea el futuro? Un pez es un pez, Fran, no puedes pedirle que sea una cotorra.

—Cuando yo le hablaba a Solón, él me miraba, movía la cola, me daba la pata... Solón me dejaba saber que yo era importante para él, pero para Gato no existo, es como papá o como mamá, me mira, me mira, me mira, pero como si nada, como si yo fuera transparente. Gato ni siquiera se ha dado cuenta de que ya no vive en el océano Pacífico, sino en mi habitación. Cuando yo decía: "Buenos días, So-lón", él se emocionaba y ladraba contento; esta mañana he dicho: "Buenos días, Gato", y el pez ni me ha mirado.

—Es un pez, Fran, ¿alguna vez has escuchado que el pez es el mejor amigo del hombre?

—No, tonta, ya sé que el mejor amigo del hombre es el perro.

—¡Claro, Fran!, no pretendas que Gato sea Solón. ¿Sa-bes qué me parece?

—¿Qué?

—Que no necesitas un perro ni un pez ni un rinoce-ronte, lo que tú necesitas es un hermano.

—Sí, necesito a mi hermano —respondió Francisca, dio media vuelta y se fue caminando.

Aquella tarde al salir de clases, repitió el ritual del día anterior, se detuvo en La Animalería para preguntar por su cachorro, en esta ocasión Francisca no podía quedarse mucho tiempo de visita.

—No te preocupes —dijo Julián—, Solón está bien.

—Ojalá nadie quiera llevárselo —respondió ella emo-cionada—, me encantaría que pudiera quedarse mucho tiempo aquí, para que tú y tu abuelo lo cuidaran, y para que yo pudiera visitarlo siempre.

Francisca lanzó las palabras como si nada, como si se le acabaran de ocurrir, quería medir en la reacción de Ju-lián la posible respuesta a esa propuesta que había impli-cado más de un plan y una estrategia.

—Imposible, un perro no puede vivir en una jaula.

—Lo sé, es un deseo difícil de conseguir, pero déjame repetirlo porque no puedo desear que Solón encuentre otro dueño. Ahora debo irme, mañana tengo un examen horrible.

—Qué lástima.

—¡¿Qué dijiste?!

—Qué lástima que tengas que irte.

Francisca levantó su mano para despedirse y salió por la puerta repitiendo en su cabeza aquella frase final que Julián había pronunciado al vuelo: "Qué lástima que tengas que irte". "Qué lástima que tengas que irte". "Qué lástima que tengas que irte". ¿Qué había querido decir Julián con esas palabras? ¿Acaso le importaba tanto su presencia como para lamentar que no pudieran permanecer juntos unos minutos más? ¿La echaba de menos?

Francisca completó la frase de Julián a su antojo, con el significado que ella quería otorgarle: "Qué lastima que tengas que irte, Francisca, porque la verdad es que me gusta mucho charlar contigo". "A mí también, Julián, te prometo que mañana vendré y así nos veremos de nuevo".

También Julián se quedó completando sus palabras y otorgándoles su propio y real significado: "Qué lástima que Francisca tenga que irse... Solón se pone muy contento cuando ella viene".

II

Al llegar a casa Francisca exhibía una sonrisa diferente. No era la sonrisa que aparecía luego de ver a Solón, tampoco la sonrisa producto de una buena broma de Carolina, ni la sonrisa de cuando imaginaba a Mariela recibiendo su primer beso de Guillo Morales, un compañero de clase que tenía unos *brackets* tan discretos que, si decidía a donarlos al Municipio, podrían servir para construir un nuevo teleférico.

Era una sonrisa recién inaugurada.

Francisca abrió la puerta de su casa sintiéndose extrañamente feliz, sin que la imagen de Julián lograra diluirse en sus retinas.

Nunca imaginó que esa nueva sonrisa se borraría de un golpe, producto de una bofetada violenta que aterrizó en su rostro, sin que ella pudiera esquivarla.

—¡¿De dónde vienes?! —preguntó iracundo y descontrolado el padre.

—¡¿Papá, qué pasa, por qué me golpeas?!

—Pregunté que de dónde vienes, ¿estás sorda?

Asustada, con las lágrimas que le brotaban a borbotones y sin encontrar la fuerza para detenerlas, Francisca balbuceó:

—Del colegio, vengo del colegio.

—¡Mentirosa! —gritó él sacudiéndola de los hombros—. Vienes de verte con ese vago que es tu hermano, ¿crees que soy idiota?

El hombre se tambaleaba furioso.

—No es cierto, no he visto a Miguel, vengo del colegio, papá, te lo aseguro.

—¿Y por qué con media hora de retraso? Hace más de una semana que llegas tarde, tu madre llamó al colegio y le confirmaron que no existe ninguna elección de reina... Sé que te estás viendo con tu hermano a escondidas de mí, ¿qué cosa están tramando, eh? ¿Acaso quiere ponerte en mi contra? ¿Quiere alejarte de tu casa?

Mientras Aurelio gritaba, la madre de Francisca acomodaba los platos sobre la mesa, con gesto de dolor, pero sin hacer nada por impedir ninguno de los golpes que su hija estaba recibiendo, uno en el rostro y demasiados en el alma. Acomodaba servilletas, cubiertos, vasos, platos, todo con tal perfección que la mesa parecía dispuesta para un gran banquete. Marta era una mujer incapaz de enfrentar a su marido, parecía un pajarito en manos de un gorila, los gritos de él le exaltaban los nervios y, con tal de evitarlos, ella estaba siempre presta a cumplir con todo lo que él ordenara, sin decir ni pío. Nunca se sintió con fuerza para reclamar la partida de Miguel ni los gritos que ella recibía a diario, jamás se opuso a la absurda disciplina que su marido había querido implantar a golpes y patadas. Se sabía débil, incapaz de pronunciar aquel "¡basta!" que se le quedaba remordido entre la garganta y el dolor del alma. Su único escape lo encontraba al encerrarse en el cuarto de la lavadora, fren-

te a la mesa de planchar, cuando dejaba que sus lágrimas humedecieran las cordilleras de camisas blancas que se acumulaban en una cesta. Cada vez que estaba a punto de explotar, los ojos se le desbordaban del dolor contenido y entonces anunciaba que pasaría la tarde planchando.

—¡Si me demoré fue porque pasé por la tienda de mascotas para saber si ya habían vendido a Solón! —dijo Francisca sollozando—. ¡Pero ya que lo dices quiero que sepas que extraño a Miguel, y que, si pudiera verlo a escondidas, lo vería y, si pudiera saber dónde vive, iría a buscarlo para quedarme con él!

Un último golpe de mano abierta aterrizó en su mejilla. Francisca subió corriendo a su habitación, se sentó en la cama, abrazó sus piernas flexionadas a la altura de su pecho, y así, convertida en un ovillo de persona se quedó mirando, entre lágrimas, la pecera.

Sus pensamientos daban vueltas igual que lo hacía Gato en el agua. Sus lágrimas eran olas inmensas que la sacudían, la revolcaban y luego la hundían en la profundidad. Aquella era la primera vez que su padre la golpeaba y, aunque no sabía cómo disipar el dolor, se prometió en silencio que no volvería a permitírselo ni a él ni a nadie.

—No seré como mamá —admitió para sus adentros con tristeza, sabiendo que ese propósito no podría repetirlo frente a nadie—, no seré como ella que aprendió a disimular el dolor del golpe en lugar de detener el puño.

Se recriminó por sentir tanta rabia y rencor contra su padre; pero luego recordó las palabras de su hermano: "Odia su violencia, pero no lo odies a él".

—¿Sabes, Gato? —dijo con voz entrecortada, acercándose a la pecera mientras las lágrimas corrían como cascadas por sus mejillas—. Si en este instante pudiera convertirme en pez, lo haría. Me lanzaría al agua y te pediría que me dieras un abrazo.

Y Gato siguió como si nada, dando vueltas en su redondo universo, sin percatarse de que Francisca estaba naufragando en el océano de sus propias lágrimas.

III

—Julián —dijo el abuelo pausadamente—, sé que no te gusta que toquemos el tema, pero...

—No, abuelo, ahora no, por favor —respondió el muchacho abrazando al anciano.

—Un día yo ya no estaré aquí y...

—Tú no irás a ninguna parte, porque yo no te doy permiso —volvió a interrumpir el nieto intentando ser bromista.

—¿Ah, no?

—Abuelo, tú no irás a ninguna parte, te quedarás aquí, conmigo, por siempre, y punto. ¿Cambiamos de tema?

—Tenemos que hablar de esto, Julián, tú lo sabes.

—No, no tenemos que hablar de la muerte porque... porque ése es un tema que no me agrada.

—De acuerdo, no la mencionaremos, nunca más volveremos a pronunciar esa palabra, pero sólo quiero decirte que un día, cuando aquello ocurra, te quedarás solo con tu padre y...

—Lo sé, abuelo, yo lo sé —dijo Julián bajando la voz hasta convertirla en un susurro, como si no quisiera que nadie escuchara sus palabras—, no creas que no lo he pensado y no quiero que te preocupes, yo nunca dejaré solo a papá. Aunque casi no me habla, aunque está siempre en su propio mundo, es mi padre y yo lo quiero. Si un día tú no estás... yo lo cuidaré, abuelo, trabajaré mucho en esta tienda y sé que podremos vivir sin problemas.

—Tu padre necesita tantos cuidados como un niño pequeño, ¿lo sabes, verdad? —dijo el abuelo ensombrecido.

—Si papá es como un niño pequeño, entonces yo seré un hombre grande y lo protegeré. ¿Hablamos de fútbol?

El abuelo se quedó mirando a su nieto con ternura infinita, y aunque el resto de la tarde se la pasaron charlando de fútbol, jugadores y jugadas, el abuelo permaneció pensando en lo desatinadas que pueden llegar a ser las vueltas de la vida. Él estaba ahí, hablándole a un muchacho de quince años, cuya única responsabilidad debería consistir en ser feliz, pero, por esos juegos insensatos del destino, estaba pidiéndole que se convirtiera en el soporte y en el protector de su indefenso padre de cuarenta y seis.

Antes de irse a la cama Julián, con una sonrisa de cariño y complicidad, le dijo a su abuelo:

—Si un día tienes que irte al cielo, prométeme que lo harás en el último vuelo.

Y el abuelo se lo prometió.

IV

Aurelio no sabía pedir perdón. Aunque su rostro afligido revelaba su arrepentimiento, nada en el mundo haría que él admitiera su error y, peor aún, que se disculpara por eso.

Era un sábado por la mañana cuando Francisca, todavía muy triste, bajó a desayunar. Tan pronto se sentó en la mesa y pronunció un tímido "buenos días", su padre le respondió con una amplia sonrisa prefabricada.

—¿Qué tal has dormido, hija? —dijo entusiasmado, pretendiendo que la intención de su voz sonara a: "¿Olvidamos lo ocurrido?, ¿pasamos la página?".

Francisca respondió escuetamente:

—Dormí bien, gracias.

—¿Sabes? He pensado que hoy deberíamos ir por ahí, a comprarte ropa, no sé, cosas que necesites... zapatos, qué sé yo, lo que tú quieras.

Francisca lo miró con asombro y con lástima. Al parecer él creía posible curar heridas solamente con píldoras para perder la memoria. Toma esta píldora y olvida que te dije cosas horribles. Toma esta píldora y olvida que te golpeé. Toma esta píldora y olvida...

Pero Francisca sentía que el dolor de ciertas heridas no desaparecía con sólo ignorarlas, esas heridas necesitaban que alguien las limpiara, las protegiera con gasa hasta cuando la piel renaciera y cubriera todo lo que en un momento estuvo abierto y expuesto.

—Gracias, papá, lo voy a pensar.

—¿Y cómo va tu mascota? —preguntó la madre—. No hablas mucho de tu pez dorado.

—Gato es lindo, pero no es muy amigable.

—¿Amigable? ¿A qué te refieres?

—No lo sé, parece que Gato no me escucha, mamá, es como tener una planta en mi habitación: llena el espacio, pero no me entiende.

—Bueno, hija, no estoy segura de que un pez escuche o entienda tus palabras... Los peces son animales que viven en un mundo muy distinto al tuyo.

Francisca miró a sus padres y creyó descubrir que también ellos vivían en un mundo diferente al suyo.

Los vio dando vueltas en una pecera enorme tan concentrados en el movimiento de sus aletas y en el abrir y cerrar de su boca, que nada los haría percatarse de que ella estaba ahí, del otro lado, mirándolos e intentando llamar su atención.

—Sí, mamá, tienes razón, creo que hay palabras que los peces no entienden... Quizá tengo que acostumbrarme a que Gato viva silenciosamente a mi lado, aunque no dé señales de saber que existo.

—Y hablando de Gato —dijo el padre sin modificar su entusiasta tono de voz y dejando de lado el periódico que revisaba mientras bebía su café—, se me ocurre que podríamos ir a la tienda de mascotas y buscarle una pecera más amplia, creo que ésa es una necesidad urgente, ¿no? El pobre ya necesita más espacio para moverse, hasta para tener algo de privacidad, quizá le gustaría esconderse de quienes lo miramos a través del cristal.

Nuevamente Francisca quedó sorprendida, su padre parecía manifestar algún grado de sensibilidad hacia Gato. Le preocupaba su espacio, su bienestar, su privacidad... Él no sabía si Miguel tendría dónde vivir, pero, curiosamente sí se sentía preocupado por el bienestar de un pez dorado.

—¿Me acompañas a comprar una pecera?

—Claro, así aprovecho y pregunto por Solón, quizá en estos días ya le han conseguido un dueño.

—¡Buena idea! Así ocuparemos el dinero del perro para pagar las cosas de Gato.

Antes de las doce, Francisca y su padre estaban ya en La Animalería. Solón, afortunadamente, continuaba ahí, había superado tres semanas de permanencia.

El abuelo de Julián estuvo charlando por largos minutos con Aurelio, brindándole información sobre los peces, las peceras, la oxigenación del agua, los filtros, la forma y frecuencia para alimentar a un pez, etc. Mientras tanto Francisca y Julián se pusieron a conversar junto a Solón.

—No has venido en dos días —dijo él—, ¿todo anda bien?

—Sí, todo está bien, no he venido porque he tenido muchas tareas del colegio —tomó aire y añadió—, pero ya tenía muchas muchas ganas de volver. Qué bueno que Solón sigue aquí.

—Tienes algo en la mejilla, como un moretón, ¿te pasó algo?

Francisca volteó su cara avergonzada, intentó tapar su mejilla con un mechón de pelo, pero no lo consiguió. Nerviosa y mirando al piso mientras su mano cubría el moretón, respondió:

—No... bueno, sí, recibí un pelotazo en la clase de Educación Física, pero no es nada, ya estoy bien.

—Lo siento.

—No te preocupes, Julián, de verdad estoy bien, esas cosas pasan.

Pero Julián intuyó que Francisca le mentía, y que aunque "esas cosas pasan", no deberían pasar.

Ambos se acercaron al cachorro, lo sacaron de la jaula y Francisca comenzó a acariciarle las orejas, a darle besos en la nariz bola de chocolate, a poner orden en sus bigotes y luego a acariciar las almohadillas de piel suave y rosada sobre las que asentaba sus patas.

Su padre la miraba de reojo mientras seguía escuchando las sugerencias que le daba el abuelo de Julián para cuidar a Gato.

—La niña ama a ese perro, lo viene a visitar cada tarde, ¿sabe?

—Sí —respondió el padre—, ahora lo sé, pero en casa no podemos tener un perro, no contamos con el espacio ni con el tiempo para cuidarlo, por eso le hemos comprado un pez.

—Eso está bien, si una persona no puede cuidar a un perro y darle el cariño que merece, no debería tenerlo. En ese caso es mejor que lo entregue a otro.

Aurelio se quedó pensando, y aunque siempre se sintió seguro de ser el mejor padre del mundo, en ese instante se preguntó a sí mismo si estaría cuidando a su hija tanto como ella necesitaba.

El cachorro saltaba de emoción y, entre ladrido y ladrido, lanzaba un gemido como si la alegría le doliera.

—Ya, pequeño, ya —le decía Francisca intentando que se tranquilizara.

—Yo también me alegro de que Solón siga en la tienda, ¿sabes que hace unos días lo llevamos a dar un paseo con mi papá y mi abuelo? —confesó Julián.

—¿De verdad? ¿Un paseo?, ¡qué bien!

—Ojalá y la próxima vez puedas acompañarnos.

En ese momento el padre de Francisca le anunció que debían irse, él ya había encargado una pecera grande, llena de elementos decorativos, con un oxigenador de agua de última generación y con un moderno sistema de auto-limpieza. La información que le había proporcionado el abuelo de Julián le había resultado tan interesante que, además, había comprado un libro para adentrarse en el mundo de los peces.

Al salir de la tienda ambos iban en silencio en la cabina de la camioneta. Los dos iban rumiando sus propios pensamientos. En uno de los semáforos Aurelio, sin mirarla, le dijo:

—¿Sabes, hija? A veces pienso que te he hecho mucho daño al separarte de ese animal.

Francisca no quiso preguntar ni responder nada... Tuvo miedo de que su padre, al pronunciar esa frase, no estuviera hablándole de Solón, sino de Miguel. En más de una ocasión se había referido a su hermano de esa manera. Francisca no dijo nada, ella prefirió ser como un pez y hacer como si no hubiera entendido las palabras del hombre que le hablaba del otro lado del cristal.

V

—Escucha, Carolina, Julián me dijo: "No has venido en dos días, ¿todo anda bien?".

—Sí, ¿y?

—Cómo que "sí, ¿y?". ¿No te parece que con eso quiso decir que me echa de menos?

—No lo sé, podría ser, pero, ¿cómo te lo dijo?, ¿cómo fue su tono de voz?

—Qué pregunta, Carolina, su tono de voz fue como su tono de voz.

—Ya sé, boba, pero es muy distinto que él diga: "No has venido en dos días" susurrándote lentamente cada palabra en la oreja; o que lo diga con el mismo tono que usaría para decir: "Me pica el ombligo".

—Ya sabes que él es muy tímido, me lo dijo tranquilamente, pero yo pude notar en la intención de su voz que lo decía con interés.

—Mira, Fran, si tengo que ser honesta, creo que la frase: "No has venido en dos días" no derrocha precisamente demasiado amor, ¿no?

—¡Pues a mí me parece que sí!

—Fran... por favor, sé sensata, ¿alguna vez has visto una película romántica en la que Brad Pitt, a punto de besar a Angelina Jolie, le diga con voz romántica: "No has venido en dos días"?

Carolina rio y esto evidentemente fastidió a Francisca.

—¡Contigo no se puede, Carolina!

—No te enojes, sólo te estoy dando mi opinión, pero si tú quieres creer que, a partir de hoy, se ha eliminado el uso del "te amo" para comenzar a utilizar el "no has venido en dos días"... allá tú.

—¡Me estoy enojando, Carolina!

—Pues muy mal hecho, no deberías enojarte cuando lo que te digo es verdad... ¿Crees que mañana las fábricas de tarjetas románticas lancen una colección para el Día del Amor que diga en letras cursivas y doradas: "Porque eres el amor de mi vida, quería decirte que no has venido en dos días"?

Francisca se despidió y colgó el teléfono sintiéndose muy molesta.

Mirando a Gato dar vueltas en su pecera reflexionó en voz alta:

—Él lo dijo porque le intereso, porque es mi amigo y en esos dos días me echó de menos... y que Carolina, Brad Pitt y las tarjetas románticas digan lo que se les dé la gana.

De: Ma. Francisca Hernández (mfh@latinmail.com)
Para: Ma. Paz Mendoza (pazyamor@hotmail.com)
Asunto: Tarea de Álgebra

Hola, María Paz:
Perdí mis apuntes de la clase y ya no recuerdo los números de los ejercicios del libro de Álgebra que, hola, Miguel, no he podido escribirte porque he estado en tiempo de exámenes, pero además, porque no he pasado nada bien. Tuve una pelea con papá hace unos días, una semana quizá. Fue horrible. No quise contártelo, pero he pensado que si no te lo cuento a ti que eres mi hermano, a quién entonces. No entraré en deta-

lles, pero tuvo que ver con los retrasos, ¿recuerdas que llevo varias semanas retrasándome a la hora del almuerzo porque antes de llegar a casa paso a visitar a Solón? Bueno, yo mentí diciendo que me estaba quedando después de clases para la preparación de la coreografía de la elección de reina del colegio. En fin... mamá llamó al colegio y ahí le dijeron que no había ningún repaso ni ninguna elección de reina, papá se puso furioso y cuando llegué a casa me recibió con un golpe. Él pensó que mis retrasos se debían a que he estado viéndome contigo a escondidas de él, eso no le gustó nada, porque pensó que tú y yo estábamos planeando algo. Luego volvió a golpearme.

Fue horrible, Miguel, él me gritó, yo le grité, le dije que, si pudiera, me iría contigo.

Pero no es cierto. O sí lo es, pero no ahora, porque sé que tú y Ana tienen que preocuparse de hacer sus vidas y la del bebé.

Pero no odio a papá, Miguel, como tú me lo sugeriste. Sólo quiero decirte que no le permitiré que vuelva a golpearme, seré muy astuta, Miguel, me esquivaré, seré rápida. Él no volverá a ponerme un dedo encima. Si no quiere abrazarme, entonces que tampoco se acerque para golpearme.

Lo estoy diciendo con rabia, lo sé, pero no lo odio, en serio.

Siento miedo. Y pena. Y un poco de dolor en el cachete. Aún lo tengo hinchado.

Pero ya dejemos atrás eso, Miguel, ya estoy bien y no quiero recordar lo que ocurrió... Mejor dicho, lo quiero recordar sólo para aprender la lección, para que si hay una próxima vez yo pueda estar alerta y evitar el golpe. No quiero olvidar, Miguel, no quiero olvidar porque el que pierde la memoria es como si apagara las alarmas, y luego ya no sabe dónde está el peligro.

También quiero contarte sobre mi plan maestro para ser amiga de Julián... creo que va bien. Él es lindo, ¿sabes?, y se preocupa por mí. Ayer me dijo: "No has venido en dos días, ¿todo anda bien?".

Eso quiere decir que me echa de menos, ¿no te parece?

Ojalá y lleguemos a ser muy buenos amigos, ojalá y él pueda quedarse con Solón. Pero si no puede quedarse con el cachorro... igual me gustaría que fuéramos buenos amigos.

Solón ha crecido mucho, pronto se convertirá en un perro hecho y derecho.

No quiero despedirme sin contarte de mamá, ella está bien, bueno... a veces triste, a veces contenta, pero bien. La comadre Lucy sigue visitándola para contarle todos los chismes del barrio. Mamá la escucha, pero tan pronto Lucy se va... mamá se agarra la cabeza y dice: "Al fin se fue esta lora", y yo me pregunto por qué son amigas si mamá se siente más contenta cuando se va que cuando llega. Siempre hablamos de ti cuando papá no nos escucha. Ella dice que se siente feliz de saber que la convertirás en abuela. ¿Cuándo nacerá mi sobrino Telémaco? (Bueno, si no te gusta Telémaco... quizá podría ser Amado, ¿no?).

Te quiero,

Francisca

Cuando Francisca hablaba con Julián sentía una mariposa dando vueltas por su estómago, pero algo no acababa de funcionar, como si sus lenguajes fueran distintos, como si en ciertas frases ella quisiera decir algo que Julián no lograba traducir.

Ella había puesto a prueba casi todos los anzuelos de los que disponía para atraer la atención de Julián... pero aunque él no se mostraba del todo indiferente, ese anzuelo se desvanecía en silencios largos, en respuestas cortas, o en frases que revelaban la incapacidad de comunicarse.

—¿Te has dado cuenta, Julián? Afuera hace un día estupendo —le había dicho en una ocasión.

—Ah, sí. Bonito día —había contestado él.

Claro, con ese comentario Francisca no se refería precisamente a que afuera hacían veinte grados centígrados, con majestuoso cielo azul y pajaritos cantando alegremente... ¡No! Cuando una chica dice: "Afuera hace un lindo día", eso significa: "Qué rayos hacemos aquí dentro, toma mi mano y vamos juntos a caminar por ahí". Pero, al parecer, Julián entendía: veinte grados, cielo azul y pajaritos.

—Julián, si estuvieras en una isla desierta y, repentinamente, te encontraras con una persona, ¿quién te gustaría que fuera?

—Mmmm... no lo sé, quizás alguien que supiera construir botes, para poder regresar al continente, ¿no?

¡No! Cuando Francisca preguntaba eso realmente quería decir: "¿Te gustaría que tú y yo estuviéramos solos en una isla desierta con gaviotas mirándonos indiscretas y delfines invitándonos a nadar con ellos?"; pero evidentemente él pensaba que en una isla desierta lo mejor que te podría ocurrir es encontrarte con un constructor de botes, con un bombero o con un voluntario de Defensa Civil. Eso, para Francisca, ¡era el colmo!

—Julián, ¿qué opinas sobre besar a otra persona?

—Opino que eso es asqueroso, porque escuché en un documental de televisión que las personas tenemos más bacterias en la boca que las que tienen los perros en el hocico. Imagínate, es menos peligroso besar a un perro que a una persona. Los besos deberían estar prohibidos.

Cuando Francisca había planteado esa pregunta, en realidad había soñado en que Julián no respondiera, en su sueño él se quedaba en silencio, la miraba fijamente a los ojos, la tomaba de la cintura sin darse cuenta de que ella había dejado de respirar hacía rato y que metía la barriga para que él no sintiera ningún rollito y luego posaba sus labios sobre los de ella en un beso corto pero apasionado. Finalmente, él, con voz grave, respondía: "Querías saber cuál era mi opinión sobre besar a otra persona... ahora ya la conoces". Pero, por lo visto para Julián el asunto de los besos sólo tenía que ver con el número de bacterias por centímetro cúbico.

—Julián, qué bien te queda el corte de cabello —le había dicho un día—, hace que tus ojos verdes luzcan mucho más.

Eso, por supuesto, quería decir: "Julián estás más bueno que el pan". Pero cuando él respondió al comentario de Francisca dijo:

—Yo, por mí, me quedaría pelado, como una bola de boliche, odio ir al peluquero.

Una tarde calurosa Francisca había entrado a la tienda y, segura de haber preparado un comentario perfecto, que no dejaría oportunidad para que Julián se escapara por las ramas, había dicho:

—Hace tanto calor que me tomaría un helado de chocolate, de los que venden en la esquina, a sólo cincuenta centavos. Ah... mira, qué casualidad, acabo de encontrar en mi bolsillo un billete de un dólar, me alcanza para dos.

Con eso, se suponía que Julián no tendría salida, que entendería el mensaje obvio y que juntos irían caminando, rozando sus manos mientras sus dedos meñiques intentarían entrelazarse discretamente, rumbo a la heladería de la esquina y compartirían dos románticos helados de chocolate. El plan era bueno... y casi funcionó, salvo que:

—Tienes razón, Francisca, hace tanto calor que yo también me tomaría un helado, aquí tienes cincuenta centavos, ¿me traes uno?

Entonces Francisca, con la rabia y la frustración desbordándose por sus orejas, caminó hacia la heladería y de vuelta a la tienda entró con dos derretidos helados, mientras sus dedos meñiques lucían como dedos bañados en chocolate.

Estaba claro que el plan "Seré yo misma" no estaba resultando un éxito de taquilla.

Francisca estaba descubriendo, a sus catorce años, que hay palabras que los chicos no entienden.

VI

—Me contó mi abuelo que tienes un pez dorado.

—Ah, sí, Julián, olvidé decírtelo.

—El día que viniste con tu papá él encargó una pecera gigantesca. Además, ya reservó tres peces más.

—Me lo dieron mis padres. Se llama Gato.

—¿Gato...? Es un nombre original.

—Carolina dice que con ese nombre le crearé problemas de identidad y de personalidad, pero yo le he dicho que no; ese nombre le servirá para ganar autoestima y no tener miedo a ningún gato que se le acerque. El perro de mi vecino se llama Oso, tengo una compañera de colegio que se llama Lady Diana Sandoval y el hijo del señor de la tienda se llama Maradona Pérez... y la verdad es que no creo que ninguno de ellos tenga problemas de personalidad.

—Quizá tengas razón, yo tengo un tío lejano que se llama León y, aunque es pequeño y flacucho, se cree el rey de la selva.

Julián no era el mejor conversador del planeta, pero había comenzado a dar señales de franca mejoría. Semanas atrás a Francisca le parecía que debía arrancarle las palabras con jalalengua, pero ahora él lucía más relajado y eso permitía que ella se sintiera alentada.

Aquella tarde mientras Francisca bañaba a Solón en un cuartito lateral de la tienda, Julián se dedicó a limpiar las jaulas y a revisar a cada uno de los animales.

Ella lo miraba discretamente mientras él registraba en la computadora las existencias de los alimentos, juguetes y accesorios para las mascotas.

En un nuevo intento por entablar un diálogo, Francisca volvió a la carga y en voz alta, desde el cuarto contiguo, dijo:

—Tengo que comprar comida para Gato.

—¿Para gato o para pez? —dijo Julián.

—Para mi pez, ya te dije que se llama Gato.

Julián esperó unos segundos, aclaró la voz y dijo:

—Ya lo sé... era una broma.

—Ah... sí.

(¡Mal! ¡Muy mal! Cuando alguien tiene que aclarar que acaba de hacer una broma, eso significa que la comunicación ha caído en un abismo profundo. Qué tonta, qué tonta, ¿por qué no me reí? Si me hubiera reído a carcajadas, eso habría roto el hielo y Julián se sentiría más cómodo conmigo. Pero es que, además, soy buenísima para fingir que me río ante los chistes más ácidos del planeta... Me ocurre siempre con las bromas trilladas de todo el mundo, me he reído cada vez que las 2500 personas que conozco me han contado el chiste de que había una vez un perro que se llamaba chiste, lo atropelló un auto y se acabó el chiste. Ja. Ja. Me he reído cada una de las doscientas veces que Miguel me ha preguntado: ¿Por qué los buzos se lanzan al mar de espaldas? Porque si se lanzaran de frente caerían dentro del bote. Ja, ja, qué gracioso Miguel. Soy tan buena para solidarizarme con quien se arriesga a contar un mal chiste, que puedo hacer que la carcajada se torne contagiosa y que dure varios segundos, e incluso puedo tomarme de la cintura para que se vea más real. Y justo ahora que Julián acaba de hacer una broma, yo me quedo como si hubiera cantado la primera estrofa del Himno Nacional...).

Solón los miraba y tiritaba enjabonado sin comprender nada de lo que ahí estaba ocurriendo.

—Tengo un chiste buenísimo —dijo Francisca intentando con eso limpiar su pecado.

—Dale, cuéntalo.

Ella se puso algo nerviosa, enjuagó a Solón, lo secó rápidamente y lo colocó en el piso. Ya con un buen grado de seguridad, decidió hacer acopio de toda su gracia para lograr que Julián cayera rendido ante sus pies, celebrando su exquisito humor. Nuevamente llenó de aire sus pulmones, se paró un poco inquieta frente a Julián y dijo:

—Bueno, ahí va... Es sobre una mujer que tiene un hijo, o sea, una mamá. Eso, es un chiste sobre una mamá, que está en casa y llega su hijo pequeño. Bueno, tampoco tan pequeño, quiero decir que no es un bebé, es más grande. En fin, eso no tiene importancia, lo cierto es que él cree que es su mamá, aunque en realidad no lo es.

—¿Él no sabe que ella es su mamá? —preguntó intrigado Julián.

—Bueno, sí lo es, o al menos él piensa que ella es su mamá... pero no tiene importancia, porque luego en el chiste se resolverá todo.

(Qué tonta, me estoy enredando, lo estoy confundiendo todo, mejor sigo, tranquila Francisca, tranquila... San Antonio, ilumíname).

—De acuerdo, Francisca, continúa, dices que es un niño con una mujer que cree que es su mamá... pero que no es, ¿verdad?

—¡Sí! ¡No!, espera, mejor comienzo otra vez, es un chico que llega a su casa y le dice a su mamá...

—¿Pero es o no es su mamá?

—¡Sí, lo es!

(Esto no está saliendo nada bien, creo que quiero convertirme en mosca y que alguien me bombardee con insecticida).

—Sí, sí, perdona, continúa, por favor, llega el hijo y...

—Llega el hijo y le dice: "¿Mamá, mamá, en el colegio me dicen desinteresado?". Y la madre le responde: "Niño, yo no sé quién es usted y ésta no es su casa".

(Silencio...).

(Silencio...).

(Silencio...).

(Silencio...).

—¿Y entonces?

—Y entonces nada más, Julián, se acabó el chiste —respondió ella sumida en la más dramática de las angustias.

(Silencio...).

(Silencio...).

(Silencio...).

Julián hizo como si riera, pero con la certeza absoluta de que no había entendido nada. Su risa resultó fingida, forzada y demasiado débil para alcanzar la categoría de "carcajada".

—Ja, jo, jo, es muy bueno, muy bueno —dijo él en medio de la incomodidad del momento.

Francisca continuaba pálida ante la evidencia de que había cometido una equivocación en el desarrollo del chiste.

—No, perdona, Julián, cometí un error, lo que el niño dijo no fue "desinteresado", sino "despistado", eso ¡des-pista-do!, eso, llegó donde la señora y le dijo: "¿Sabes que en el colegio me dicen despistado?". Y la mujer le respondió: "Niño, yo no sé quién es usted y ésta no es su casa". Ahora sí tiene sentido, ¿no? Claro, despistado, porque el niño no está hablando con su madre y ésa no es su casa, ¿comprendes? Está hablando con otra persona y en otro lugar.

(Dios, es horrible, ¿por qué no envías un rayo que me parta en dos en este momento? Tener que explicar un chiste cuando eres quien acaba de contarlo es peor que una cadena nacional de televisión).

—Claro —respondió Julián—, es muy bueno, ya entendí, ja, ja, es muy bueno.

—No, dame otra oportunidad, por favor, ahora sí te lo contaré bien, por favor, trata de olvidar todo lo que te dije, aquí voy. Es un chico que llega a la casa y le dice a su madre: "Mamá, mamá, en el colegio me dicen despistado"; la mujer se da vuelta y le dice: "Niño, yo no sé quién es usted y ésta no es su casa".

Francisca estaba roja como un tomate, Julián incómodo tratando de reír a la fuerza y Solón mojado sacudiéndose por toda la tienda.

Había sido un fracaso, eso estaba claro, Francisca ya tenía una nueva historia para apuntar en su antología olímpica de las peores vergüenzas del siglo XXI.

—Vendré mañana —dijo ella agarrando a toda prisa su mochila y salió corriendo sin siquiera despedirse.

Aquella tarde juró que nunca más contaría un chiste en público y que, como castigo a sus falsas pretensiones de gran humorista, escribiría cinco mil veces en un cuaderno la palabra "despistada".

***

Cuando, días después, Julián llegó del colegio, se sorprendió al encontrar las puertas de La Animalería cerradas. Eran las dos de la tarde y a esa hora, siempre, su abuelo estaba parado en la puerta leyendo el periódico vespertino y esperándolo para subir juntos a almorzar.

Miró a través de los cristales, pero no pudo ver a nadie, sin embargo, le llamó la atención que las luces estuvieran encendidas, como si la tienda estuviera abierta.

"Quizás el abuelo decidió subir antes de la hora", se dijo a sí mismo intentando tranquilizarse, "es probable que haya querido ir al baño y una emergencia es una emergencia".

El abuelo era hombre de rutinas y, salvo los tres días que tuvo que estar en cama por un fuerte resfrío, cada tarde, a las dos en punto, los vecinos y Julián podían encontrarlo parado en la puerta de la tienda.

Julián subió a trompicones las escaleras hasta el segundo piso y golpeó la puerta insistentemente, pero nadie abrió. El abuelo no estaba, la señora Nancy no estaba... y su padre tampoco. Eso sí que era extraño, porque su padre no salía nunca o casi nunca; hacía años que había decidido confinarse a los límites de su habitación y de su enfermedad.

Julián se sentó junto a la puerta con el corazón acelerado y decidió esperar a que todos juntos llegaran y entre risas le explicaran lo que para él ya comenzaba a ser una inmensa preocupación.

Pasaron diez minutos y nada.

Veinte minutos y nada.

—Es el colmo, cuando lleguen les diré que son unos irresponsables, no pueden dejarme aquí, afuera, sin saber adónde han ido ni cuándo volverán. Al menos podían haberme dejado una nota, ¿no? ¡Eso, una nota!

Julián comenzó a buscar debajo de la alfombra, en la planta que decoraba el pasillo por si aparecía un pedazo de papel... pero no encontró nada.

Eran las dos y treinta cuando decidió bajar a la acera y esperarlos ahí. Caminó de un lado a otro, se sentó, se levantó, se volvió a sentar y entonces escuchó una voz que lo llamaba. Era Aníbal, el viejito que tenía la panadería junto a la tienda de mascotas.

—¡Eh, Julián! Ven aquí.

—Hola, Aníbal, cómo está.

—Bien, muchacho, bien, acabo de verte, no sabía si habías llegado del colegio.

—¿Pasa algo, Aníbal? ¿Sabe usted adónde han ido mi abuelo y mi padre?

El viejo levantó los hombros y lentamente trató de explicárselo:

—No lo entiendo muy bien, muchacho, pero parece que tu padre salió de casa sin que nadie se diera cuenta, o decidió salir a dar un paseo sin avisar, y entonces tu abuelo y la señora Nancy salieron a buscarlo. Ella me pidió que te avisara si llegabas del colegio antes de que ellos estuvieran de vuelta.

—¡Pero cómo! ¡Eso no es posible! Mi padre no sale de casa solo, no pudo haberse escabullido sin que Nancy o el abuelo lo supieran. ¿A qué hora ocurrió?

—Serían las doce, o por ahí.

—¿Las doce? ¡Son más de dos horas! ¿Podría prestarme su teléfono, Aníbal? Intentaré llamar al celular del abuelo.

Julián entró a la panadería y marcó el número. Pero el buzón de mensajes se activó.

—¡Maldición! El buzón... abuelo, soy yo, por favor, comunícate conmigo, estoy con Aníbal. Necesito saber si encontraron a papá, estoy muy preocupado, llámame.

Aquel "llámame" salió de su garganta con un tono agudo y entrecortado. Las lágrimas brotaron sin control de sus ojos aceitunas y el viejo Aníbal lo abrazó.

—Tranquilízate, muchacho, ya verás que todo estará bien. De seguro tu padre está dando vueltas por algún centro comercial o ha ido a visitar a algún amigo. ¡Alba, tráeme un vaso con agua para Julián!

Tan pronto Julián bebió un sorbo de agua, se secó las lágrimas y dijo:

—No, Aníbal, las cosas no están bien, papá no sale nunca de casa sin compañía, usted lo sabe, él odia estar rodeado de gente... y lleva varios días repitiendo que no quiere vivir, que un día de estos "nos hará el favor" y acabará con su vida.

Julián volvió a llorar mientras el viejo Aníbal lo cubría con sus brazos de árbol duro y recio.

—Será mejor que salga a la acera, así podré verlos llegar.

Al salir, otra sorpresa lo recibió, Francisca estaba ahí, mirando a través de los cristales de las ventanas de La Animalería con los ojos abiertos como platos.

—¡Julián, dime que Solón salió a dar un paseo con tu abuelo, por favor!

—Qué ocurre, Francisca, no te entiendo.

—Solón no está en la jaula, y tampoco lo veo en la trastienda, he golpeado la puerta, pero ahí dentro no hay nadie. Es extraño porque hay un teléfono celular que hasta hace un minuto estaba sonando... con eso pensé que tu abuelo estaría por ahí, pero nada. ¡Qué bueno que te veo! Dime que Solón está con tu abuelo, ¿sí?

—¡No lo sé, no lo sé! —gritó agobiado Julián—, no lo sé, Francisca. ¡Mi padre ha desaparecido y tú me preguntas por Solón! Será mejor que te vayas y vuelvas mañana, ahora no puedo decirte nada.

Francisca lo miró llena de dudas y de rabia, no entendía la preocupación ni el descontrol de Julián.

—Mira, Julián, tranquilízate y trata de entenderme, si tu padre salió de casa, regresará en cualquier momento, un padre siempre puede encontrar el camino de regreso, pero yo estoy preocupada por Solón porque no sé si lo vendieron… o si se extravió al momento de limpiar la jaula, y para un cachorro es mucho más difícil encontrar una dirección.

—No, Francisca, no es como tú dices.

Julián se sentó en el bordillo de la acera, se agarró el cabello rizado y desordenado, como si quisiera atárselo en la nuca, en una cola. Colocó su cara entre las rodillas y comenzó a hablar:

—Mi padre no está bien de la cabeza, ¿sabes? Hace casi diez años mi madre nos abandonó y desde entonces él está enfermo. No es mucho lo que recuerdo, porque yo era un niño cuando eso ocurrió, pero sí sé que él dejó de ser el papá que yo había conocido y se convirtió en un ser extraño, como si hubiera enloquecido. El médico dice que padece una depresión fuerte y que tiene que estar sometido a tratamiento psiquiátrico de por vida. Cuando no está dormido, está encerrado en su habitación, cierra las cortinas para no ver la luz, a veces dice cosas que nadie comprende. Yo no entiendo sus palabras y él no comprende las mías.

Francisca no salía del asombro, ya para ese momento la preocupación por Solón había pasado a un segundo plano y ahora lo más importante era encontrar una palabra, o dos, que sirvieran para que Julián se sintiera mejor. El muchacho secaba sus lágrimas con el borde de la manga de su camisa y había abandonado toda vergüenza ante Francisca.

—Perdóname por decirte todo esto, Francisca, no sé por qué estoy confesándome contigo. Yo nunca hablo de mi familia, pero hoy estoy seguro de que algo muy malo ha pasado, y yo no estuve aquí para evitarlo. No estuve aquí para cuidar a mi papá y para decirle que lo amo, aunque él no quiera entender lo que eso significa.

Francisca estiró su mano derecha y secó las lágrimas de Julián, luego lo miró de frente y le dijo:

—¿Sabes, Julián? A veces los padres son como peces, que no entienden nuestras palabras. A veces los peces somos nosotros que no los comprendemos a ellos...

En ese instante escucharon pasos que se acercaban. Voltearon a mirar y descubrieron que se trataba del abuelo y la señora Nancy con rostros pálidos y cansados.

Llegaban los dos solos.

De: Ma. Paz Mendoza (pazyamor@hotmail.com)
Para: Ma. Francisca Hernández (mfh@latinmail.com)
Asunto: Re: Tarea de Álgebra

Hola, Francisca:
El Álgebra es horrible, odio los binomios y los trinomios, y las equis que siempre hay que despejar, Hola, Ratón, tu último mensaje me ha puesto muy mal. No pensé que papá llegara a agredirte. Quiero que me entiendas bien, pon mucha atención: no quiero que eso te vuelva a ocurrir, una cosa es que

él levante su voz y diga palabras fuertes, y otra muy distinta que te golpee. Si él vuelve a intentarlo, sal de casa y pide ayuda, no sientas miedo ni vergüenza de hacerlo. Si él vuelve a amenazarte, llámame, yo iré a buscarte a la hora que sea. No te estoy diciendo que lo desafíes ni que eches leña al fuego, pero tampoco permitas que te haga daño. Toma nota de mi número celular: 0920105670.

No quiero asustarte, pero tampoco quiero que pienses que esa violencia es normal, porque no lo es y porque yo no permitiré que nadie te haga daño.

Eres maravillosa, ¿sabes? Y yo me siento orgulloso de ser tu hermano, porque sé que tienes un corazón enorme. No quiero que sufras, Ratón, no quiero que nada malo te ocurra.

Te quiero, Ratón, y estoy siempre contigo.

M

Casi doce horas más tarde el padre de Julián aún no aparecía. Familiares, amigos y vecinos se habían organizado en equipos de búsqueda sin ningún resultado.

La policía no había ofrecido ninguna ayuda, habían dicho que, para que la desaparición de una persona pudiera ser considerada como tal, doce horas de ausencia no eran suficientes, habría que esperar cuando menos cuarenta y ocho horas para pedir una patrulla de búsqueda. La señora Nancy y el abuelo recorrían hospitales, casas asistenciales, cárceles y albergues para mendigos... y nada.

Julián, pegado al teléfono de su casa, esperaba que alguna llamada le diera una buena noticia. El abuelo continuaba repitiendo la historia a todos los curiosos y preocupados que llegaban para ofrecer ayuda:

—Yo estaba en la tienda —decía él ya casi mecánicamente—, eran las diez de la mañana cuando mi hijo abrió la puerta y entró. Lo invité a que se sentara a tomar un café conmigo y él dijo que quería ver a los animales. Paseó lentamente y en un momento me preguntó si podía sacar al perro que teníamos en la jaula. Yo le dije que sí e incluso lo ayudé a ponerlo en el piso. En ese momento recibí al proveedor de alpiste que llegaba con varios paquetes y me senté con él a revisar facturas. Cuando me di cuenta mi hijo ya no estaba, había salido sin hacer ruido de la tienda y quizá lo había hecho acompañado del perro, porque tampoco el animal aparece por ningún lado.

En esa primera noche de angustia, Julián hizo lo que hacía rato no había hecho, rezó una vieja oración que le había enseñado su madre cuando niño, sólo que en esta ocasión la rezó para el niño que era su padre:

—Ángel de la Guarda, su dulce compañía, no lo desampares ni de noche ni de día, no lo dejes solo pues sin ti se perdería.

En otro lugar de la ciudad, poca gente reparaba en ese hombre de mirada extraviada que caminaba paseando a un pequeño perro labrador negro.

El hombre sólo miraba de frente, cruzaba con torpeza los semáforos y con eso se ganaba insultos de los conductores que hacían maniobras para no atropellarlo.

—Se acabó —repetía—, se acabó.

Pero nadie lo escuchaba, salvo el cachorro. Ambos habían entrado a guarecerse en una abandonada caseta de seguridad en un parque del barrio La Concepción, el hombre había comprado un paquete de pan y ese alimento se había constituido en una cena abundante para los dos.

Cerca de las nueve de esa noche, Miguel se despidió de Ana y pasó a retirar a los perros del vecindario a los que paseaba tres veces al día, para redondear el sueldo. Eran Mongo, Frida, Calvin, Pepa y Duque, los acompañantes de Miguel que, al llegar al parque y aprovechando que ya casi no quedaba gente allí, salían libres a correr, a hacer pipí y a estirar las patas, mientras Miguel, sin perderlos de vista, se sentaba en una banca a mirar la cordillera que surcaba la ciudad y las estrellas que de vez en cuando aparecían entre la bruma.

Sin embargo, en esa oportunidad hubo algo que llamó su atención. Miguel oyó ladrar a un perro que, por el tono de sus ladridos, parecía ser un cachorro. Se levantó y comenzó a caminar en dirección adonde se escuchaba al animal.

Miguel silbó en repetidas ocasiones, como lo hacía cuando quería llamar a los perros para regresar a casa, y un pequeño labrador negro apareció por detrás de la caseta. Miguel se puso en cuclillas, golpeó suavemente sus rodillas y le dijo:

—Ven, aquí, pequeño, no tengas miedo, ven aquí.

El perro bajó las orejas y comenzó a mover la cola con una rapidez asombrosa, mientras avanzaba receloso hacia el joven que lo llamaba.

Cuando finalmente estuvieron juntos, Miguel tomó al animal y lo abrazó. Él no sospechaba que ese cachorro fuera Solón, el regalo que le había enviado a su hermana el día de su cumpleaños, tiempo atrás.

Pero Solón sí lo sabía... porque él podía olvidar cualquier cosa menos el olor de todos quienes lo habían mimado algún día.

—¿Qué haces aquí, pequeño? ¿Estás extraviado?

Mongo, Frida, Calvin, Pepa y Duque se habían aproximado llenos de curiosidad para ver al cachorro, lo miraban y lo olisqueaban sin perderse detalle de ese nuevo habitante del parque La Concepción.

Entonces, desde dentro de la caseta, un hombre apareció y casi sin fuerza en la voz dijo:

—El perro es mío.

Miguel lo miró y se sintió perturbado. El hombre se veía demacrado y con la mirada perdida.

—Buenas noches —dijo el muchacho—, disculpe, pensé que el perro estaba extraviado, pero me alegra que el dueño esté aquí cerca.

Miguel depositó al animal en el piso y éste volvió a caminar rápidamente rumbo al padre de Julián.

—¿Se siente usted bien? —le preguntó Miguel.

Pero el hombre no volvió a responder nada, dio media vuelta y entró en la caseta.

Miguel lo siguió como intuyendo que no se trataba de un vagabundo ni de un ladrón, por su aspecto parecía un enfermo que acababa de escapar de un hospital.

—¿Necesita ayuda?

—No, gracias —respondió el hombre.

Miguel se apartó, eran cerca de las diez cuando devolvió los perros a sus dueños y caminó hacia su departamento. Antes de entrar miró al parque y se dio cuenta de que el hombre continuaba ahí, apoyado en la pared de la caseta, fumando un cigarrillo, mientras el cachorro, sentado a su lado, no le quitaba los ojos de encima.

—Se acabó, se acabó todo —repetía el hombre entre cada bocanada de humo.

Miguel estuvo durante casi una hora mirándolo desde la ventana de su departamento, luego, cuando elsueño ganó la batalla entró a su habitación, besó en la frente a Ana y se acostó junto a ella.

Entonces el hombre lanzó al piso la última colilla de cigarrillo, miró al cachorro y le dijo:

—Vete.

Solón giró su rostro, como si no entendiera la orden, y el hombre repitió esta vez con tono enérgico:

—¡Que te vayas! No quiero testigos, ¡vete! De aquí en adelante sigo yo solo.

Se agachó, impulsó al animal desde la cola, empujándolo para que se fuera, pero Solón se resistió.

—Tienes que irte, perro, porque yo no quiero llevar a nadie al lugar al que voy.

Pero Solón siguió pegado a la pierna del hombre, sin que hubiera poder que lo separara.

En un intento final, el hombre echó a correr tratando de que el cachorro no pudiera alcanzarlo. Quiso despistarlo escondiéndose detrás del tronco grueso de un árbol, pero no lo consiguió.

—¡Que te vayas, perro! ¡Que me dejes en paz! ¿No lo entiendes?

Pero Solón no entendía y quizá ya no quería entender nunca más el significado de la separación. En su más profunda memoria sólo guardaba adioses, separaciones, despedidas.

El hombre lanzó un pedazo de pan que guardaba en el bolsillo de su abrigo y dijo:

—Anda, ve por él.

Solón siguió el juego, corrió, devoró el pedazo de pan y, cuando se volteó para mirar a su amo, no lo encontró. Desesperado lo buscó por todas partes y, aunque tenía muy mala vista, el olfato nunca le fallaba. Corrió a la esquina y allí vio al hombre caminar rápidamente entre los árboles de la acera. Solón, por primera vez en su vida, cruzó la calle solo. Y quizá fue la última. El auto que avanzaba por la avenida no pudo frenar a tiempo y el cachorro salió volando tras un golpe que pareció arrancarle la vida.

El conductor, tras recuperar el dominio del auto, miró por el espejo y descubrió al animal tirado en medio de la vía, agradeció al cielo que "sólo fuera un perro" y siguió como si nada.

El padre de Julián escuchó el frenazo y regresó para mirar lo que había pasado. Miguel escuchó el frenazo, despertó, se acercó a la ventana y desde allí miró lo ocurrido.

Francisca despertó, tras un mal sueño en el que un auto frenaba sin control, y, con los ojos abiertos, se dijo a sí misma: "Qué bueno que fue sólo una pesadilla".

Cuando el padre de Julián se acercó a Solón, el cachorro yacía sobre el asfalto, como si estuviera dormido. Un hilo de sangre corría desde una herida en la pata formando un pequeño charco junto al animal. Había sangre también en el hocico y en una oreja.

Las lágrimas comenzaron a brotar de los ojos del hombre que no podía controlar el llanto.

—Perdóname, perdóname, perdóname —repetía sollozando—, perdóname por haberte dejado solo, perdóname por no haber cuidado de ti.

Cuando pronunciaba esas frases más de una imagen resucitaba en su memoria. Más de un ser aparecía ahí para recordarle todo lo que en esos años había dejado de lado. Su padre, su hijo, su esposa, sus amigos, sus compañeros, sus sueños, su alegría, sus proyectos... Todo lo que él, en algún instante, había abandonado se posó simbólicamente en el cuerpo herido de ese cachorro.

Cuando Miguel llegó al lugar, se encontró con el hombre, arrodillado junto al cuerpo del animal, tocando delicadamente cada parte por si encontraba alguna muestra de vida.

—¿Está muerto? —preguntó Miguel.

—No lo sé, creo que no respira, pero no lo sé.

—Tenemos que retirarlo de la vía —dijo Miguel con la voz y las manos que le temblaban—, y mejor si podemos tomar un taxi y llevarlo a un veterinario.

—¡Mi padre! —dijo el hombre como si de pronto todo se volviera claro en su mente—. ¡Mi padre es veterinario!, podemos llevarlo con él. Tiene una tienda de mascotas cerca de Bellavista, y un consultorio.

Dos minutos después, un taxista amable se detuvo y se ofreció a llevarlos a la dirección que el hombre dio, con mucha dificultad. Solón parecía respirar, pero con una debilidad que hacía presumir lo peor.

Eran las dos de la mañana cuando el taxi se detuvo frente a La Animalería y Miguel tocó el timbre.

Cuando el abuelo, que no había pegado un ojo por la preocupación, escuchó el timbre y el motor del taxi encendido en la puerta de su casa, sintió que un horrible temor y una enorme ilusión lo invadían. Abrió la puerta y al primero que vio fue a un joven desconocido que pidió disculpas por la hora y trató de explicar algo que el anciano no escuchó... Detrás del joven desconocido estaba su hijo, con la mirada llena de dolor y con el cachorro malherido en sus brazos.

—Tienes que salvarlo, papá, tienes que salvarlo —imploró como sólo lo haría un niño o un padre desesperado.

El anciano se acercó al hijo, le tocó el rostro, los hombros y los brazos, como queriendo cerciorarse de que se trataba de él y con los ojos que desbordaban lágrimas trató de lucir tranquilo.

—Ven, hijo, entra y veamos qué podemos hacer.

Julián, que había escuchado el ruido, se puso un pantalón y bajó corriendo. Entró a La Animalería y descubrió que su padre había vuelto.

Ambos se observaron como si hubieran pasado cien años desde la última vez que sus miradas se habían cruzado. Uno frente a otro se miraron por primera vez en mucho tiempo, sin que un fantasma desconocido y enfermo los interrumpiera.

—Estaba preocupado por ti, pa —dijo Julián y las lágrimas comenzaron a inundar su rostro—, no debiste irte, no debiste dejarme, eso duele demasiado, ¿sabes?

Ésa fue la primera vez que Julián le hacía ese reproche, nunca antes había adoptado su lugar de hijo para reclamar amor, preocupación, compañía. Pero aunque estaba feliz de ver a su padre de vuelta en casa, toda la rabia acumulada en esos años quiso salir como un duro reclamo.

—Perdóname, Julián, perdóname —repetía el hombre—, perdóname por haberte dejado solo, perdóname por no haber cuidado de ti.

En ese momento el abuelo, que junto a Miguel trataba de salvar la vida del cachorro, dijo preocupado:

—Solón tiene una hemorragia interna, tengo que operarlo de inmediato.

—¡¿Solón?! —preguntó Miguel—, ¿ha dicho Solón?

—Sí —dijo el abuelo—, es el nombre del cachorro.

—¡Es imposible que existan dos perros en el mundo con ese nombre!, éste tiene que ser el perro de mi hermana.

Un cóndor

Gato ya no vivía en la habitación de Francisca. Desde que la pecera grande y sofisticada había llegado a casa, Aurelio había destinado un área de la sala de televisión para que la pecera estuviera como adorno y atracción principales.

Cuando a la mañana siguiente Francisca bajó a desayunar, miró a su padre que no podía alejar su mirada de la pecera.

—¿No te parecen alucinantes? —preguntó él—, los peces son seres extraordinarios. Mira, mira a ese pequeño, es el hijo de aquél, ¿lo ves? Y ahí está Gato que parece sentirse muy a gusto con sus compañeros de pecera. Ésa debe ser una hembra.

Efectivamente Gato estaba ahí, pero Francisca no era capaz de encontrarle el gesto de gusto que aparentemente su padre sí podía ver. Para ella, Gato continuaba siendo un pez egocéntrico y egoísta que no se enteraba de que en el planeta existían más habitantes que él.

—Los animales nos enseñan muchas cosas —dijo Aurelio y trató de adoptar un rostro de sabiduría como si fuera el propio Charles Darwin inventando la teoría de la evolución.

—¿Ah, sí? Y, por ejemplo, ¿qué cosas nos enseñan los peces?

—Sólo te diré una que es la que más me ha llamado la atención... ¿Has escuchado la frase de que el pez grande siempre se come al pequeño? Pues bien, cuando tuve que colocar a los cuatro peces en la pecera nueva, sentí temor, pensé que quizá Gato devoraría al pequeñín del grupo, pero no fue así. En estos días he podido ver que, aunque a estos peces les ha tocado compartir un mismo espacio reducido, entre ellos no hay conflicto, no pelean por la comida, no pelean por el poder, ninguno le quita la libertad a otro, los más fuertes no se aprovechan de los más débiles. Quizá haya otras especies en las que ese fenómeno sí se dé, quién sabe.

—Yo conozco una especie en la que eso sí se da y con mucha fuerza.

—¿Las serpientes? —preguntó él intrigado.

—No, papá, los humanos.

Aquella mañana Aurelio no fue a trabajar, se quedó en casa porque se sentía algo indispuesto y, aunque Marta insistió en que se metiera en la cama para que se repusiera del cansancio y del resfrío que lo aquejaban, él no se movió del sillón que estaba frente a la pecera.

Durante varias horas miró sin pausa a esos cuatro peces dorados dar vueltas en el agua sin golpearse, sin interrumpir sus trayectos, sin lastimarse uno a otro... y recordó a los cuatro miembros que alguna vez tuvo su pecera, su familia.

Pero eso había sido ya hace mucho tiempo... antes de que el pez fuerte se comiera al débil.

Cerca del mediodía el teléfono del departamento de Miguel sonó insistentemente; Ana —que acababa de llegar de la universidad— alcanzó a contestar. Del otro lado una voz dijo:

—¿Puedo hablar con Miguel, por favor?

—Él no está, ¿quién habla?

—Soy su padre.

II

Cuando al salir de clases Francisca y Carolina fueron camino de La Animalería, ambas estaban silenciosas. Francisca temía que el padre de Julián no hubiera aparecido en toda la noche, mientras que Carolina pensaba que siempre sería más fácil encontrar a una persona adulta que a un pequeño cachorro.

Carolina no quería aparecer como ave de mal agüero, pero tampoco quería alimentar las esperanzas de Francisca con la idea de encontrar a Solón.

—Fran... ¿y si Solón no aparece?

—Eso no ocurrirá, Carolina. Alguien lo encontrará y lo traerá de vuelta, ¿acaso no crees en los milagros?

—Sí, Fran, tienes razón, hay que creer en los milagros. Creer, por ejemplo, que Solón apareció y que a esta hora ya está en la tienda de nuevo.

—Creer también que el padre de Julián está descansando en su cama, y que su desaparición sólo fue un malentendido... que él no quiso irse de casa, sino que salió por ahí a respirar aire puro.

Al llegar a la tienda ambas miraron por el cristal de la ventana... y descubrieron que la jaula de Solón continuaba vacía. La puerta estaba cerrada y todo lucía oscuro.

—Solón no está —dijo Francisca con un gesto de tristeza imposible de disimular— y tampoco Julián, ¿crees que debemos buscarlo en su casa?

—No lo sé —respondió Carolina—, si hoy no han abierto la tienda será por algo, quizá no quieren ser molestados... Quién sabe lo que haya ocurrido.

En ese momento la puerta se abrió y salió la señora Nancy.

—¿Buscan a alguien? —preguntó amablemente.

—Sí, buscamos a Julián —dijo Carolina—, queríamos saber si... todo se solucionó, si lograron localizar a su padre.

La señora Nancy sonrió mirando al cielo, como si no terminara de agradecer un milagro:

—Sí, gracias a Dios, el señor llegó ayer de madrugada y está muy bien. Hoy no abrieron la tienda porque todos pasaron muy mala noche y ahora están dormidos descansando.

—¡Qué bien! —dijo Carolina—, por favor dígale a Julián que Francisca y Carolina vinieron a visitarlo y que estamos muy contentas con la noticia.

—Se lo diré, claro que se lo diré.

—Señora —interrumpió Francisca con una última dosis de esperanza—, ¿sabe usted algo sobre un cachorro que...?

La señora Nancy, que pensó que con esa pregunta Francisca estaba indagando sobre alguno de los animales de venta, respondió sin titubear:

—No, de eso no sé nada, querida. Lo lamento. Ahora debo irme. Adiós.

Francisca y Carolina cruzaron al parque de San Javier, y se sentaron en una banca para descansar, para tratar de entender, para llorar un poquito, para mirar los pájaros, para comprar maní a un vendedor ambulante.

—Sabes, Carolina, quizás el milagro consiste en creer que Solón se ha ido para siempre, pero que alguien con un corazón grande lo ha encontrado y está cuidando de él. Es posible que exista alguien en esta ciudad que lo quiera tanto como yo y que pueda darle lo que Solón necesita. Quizás el milagro, Carolina, consiste en aprender a no ser egoísta y aceptar que Solón nunca fue para mí.

—Sí, Fran, creo que tienes razón.

Carolina, que odiaba las escenas cursis no pudo evitar acercarse a su amiga y darle un abrazo.

—Pero hay algo más...

—¿Algo más, Fran?

—Sí. Ahora pienso que la lección no termina ahí... Creo que debo admitir que tampoco Julián es para mí.

—¿Por qué lo dices, Fran?

—Tú más que nadie lo sabe, me lo has dicho más de mil veces, he hecho todo lo que ha estado a mi alcance para que Julián se fije en mí, para que se dé cuenta de que entre él y yo podría ocurrir algo bonito, pero no lo he conseguido. No le agrado, no le gusto, no le caigo bien, o simplemente... no existo para Julián. ¿Lo ves, Carolina? Todo me ha salido mal.

—Y ahora, ¿qué piensas hacer?

—No volveré más a La Animalería, Carolina, no volveré a ver a Julián. Esto que nunca empezó ha terminado.

Francisca se levantó de la banca y Carolina hizo lo mismo dispuesta a acompañarla a su casa.

—No lo hagas, por favor —dijo Francisca—, necesito estar sola, te veré mañana.

Carolina se quedó sentada en la banca del parque, con una gran frustración, por primera vez no había sido capaz de inventar una broma o un comentario ingenioso para que su mejor amiga aplacara su tristeza.

Estuvo sentada en esa banca durante una hora, y otra más. Eran casi las cinco de la tarde cuando sintió que había acumulado en su cabeza un montón de rabia, y que no podría continuar así.

Se levantó furibunda, cruzó la calle y tocó el timbre de la casa de Julián.

Nadie abrió.

Volvió a tocar el timbre pero tampoco encontró respuesta.

Tomó algunas piedritas de la calle y comenzó a lanzarlas a una de las ventanas del segundo piso, con la esperanza de que ésa fuera la de la habitación de Julián.

Por suerte, acertó.

Julián abrió la ventana y le dijo:

—Oye, oye, ¡qué te pasa!, ¿qué crees que estás haciendo?

—¿Qué creo que estoy haciendo? ¡Esto! Lanzo piedras a tu ventana, pero lo que me provoca es lanzarlas a tu cabeza —gritó furiosa Carolina.

—¿Qué es lo que quieres?

—Quiero que bajes antes de que cuente tres, de lo contrario comienza a despedirte del cristal y luego de tu nariz.

—Está bien, está bien, ahora bajo, pero deja de hacer eso.

Julián abrió la puerta y apareció con el rostro aún hinchado de tanto dormir y con la marca de la almohada que, como un grueso cordón, atravesaba su mejilla.

—¿Qué quieres? Tú eres la amiga de Francisca, ¿verdad?

—Sí, soy Carolina y, ¿sabes lo que quiero?, ¡quiero hacerte un regalito!

Carolina hizo puño y, tratando de repetir una escena de película de Chuck Norris, lanzó un golpe contra Julián que nunca llegó a su destino. El problema fue que calculó mal la distancia y, aunque la energía con la que tiró el puñetazo fue la precisa, el brazo se extendió todo lo que pudo... y se quedó a más de veinte centímetros del cuerpo de Julián, en el aire. Con tanta fuerza que quien se tambaleó fue Carolina, que por poco cae al suelo. Julián, un poco perturbado, pero con ganas de reír, agarró el puño de Carolina y le dijo:

—¡Hey!, tranquila, ¿se puede saber qué rayos te pasa?

—¡Me pasa que desde hace tiempo tengo ganas de decirte que eres el tonto más tonto del mundo! Y que si no fueras más grande que yo, te partiría la cara y te dejaría los ojos verdes por dentro y por fuera. Quiero decirte que esperaba mucho más de ti... Que ya sabía que eras tímido pero no insensible. Quiero decirte que...

Carolina invadida de rabia miraba a Julián con tanto rencor que parecía que en cualquier instante vencería nuevamente el miedo a fallar en el golpe y se abalanzaría sobre él para convertirlo en papilla.

—Espera un momento, no sé de qué hablas, no sé por qué vienes hasta mi casa a insultarme, ¿quieres explicarme de qué se trata?

—¡Claro, cómo no! Es que a ti hay que explicártelo todo, Julián, hay que dibujarte un croquis para que puedas tocarte la nariz... hay que darte las coordenadas para que sepas dónde se localiza tu ombligo. De acuerdo, te voy a explicar detenidamente, para que no te pierdas, para que no te quedes en las nubes, te voy a explicar que mi amiga Francisca acaba de irse con más de una lágrima en el alma. Acaba de irse convencida de que todo le sale mal, de que aunque ella intenta mirar la vida con humor, la vida siempre termina contándole un chiste malo. Ella va camino a su casa con el corazón estrujado porque ha perdido para siempre a Solón, que era el único ser que le movía la cola cada día, pero además, ¡pero además...!

—Además, ¿qué?

—Además, Fran se ha ido triste, porque tú nunca te diste cuenta de que ella había comenzado a enamorarse de ti. Porque si Solón era el único que le movía la cola, tú eras el único que lograba que una mariposa se moviera en su estómago. Y por eso ella ha decidido tirar la toalla, ¿lo entiendes? Se cansó, se dio por vencida. Esperó que tú reaccionaras. ¿Y tú? ¿Y tú, tonto? Tú sin abrir esos ojazos que te ha dado la vida para ver que Francisca estaba ahí, frente a ti, inventando bromas, ayudándote a contar galletas para perros, cambiando de peinado cada dos días, haciendo dieta para reducir los cachetes. ¿Sabes todo lo que eso significa?; sí, ahora lo sabes, pero ya es demasiado tarde.

—Pero es que... yo... no me di cuenta o quizá sí, pero...

—¿Cómo que no te diste cuenta? ¿Qué idioma hablas, Julián? ¿Acaso eres un pez?

De: Julián (julian_animaleria@yahoo.com)
Para: Ma. Francisca Hernández (mfh@latinmail.com)
Asunto: ...

Hola, Francisca:

Perdona que te escriba, pero es que no has venido desde hace algunos días y tenía muchas ganas de decirte algunas cosas. Por suerte encontré tu dirección electrónica en la ficha que llenaste cuando trajiste a Solón.

Vaya, es difícil... no sé cómo comenzar.

Quizá pienses que soy un pez, pero no lo soy. Aunque a veces me parezco a uno de ellos. Estoy encerrado en esta pecera que es La Animalería, y sólo aquí me siento tranquilo y también feliz.

Es posible que no lo entiendas, Francisca, pero a veces la jaula te hace sentir seguro. Cuando tengo que hacer limpieza, hay animales que se ponen felices si los saco de ahí, se sienten poderosos, dueños del mundo. Solón, por ejemplo, se sentía premiado cada vez que lo dejábamos caminar libre por la tienda, ¿te acuerdas? Sin embargo, he visto pájaros que, cuando se percatan de que los sacaré de la jaula, se asustan, me miran con desesperación, como si me suplicaran que no lo haga; como si el pánico a conocer un mundo violento lo aterrorizara.

Sí, creo que a veces me parezco a un pez. No sé si es un problema de nacimiento o si me he contagiado, pero lo cierto es que nunca he querido hablar demasiado ni he podido. ¿Lo ves? Incluso ahora no puedo mirarte a los ojos para decirte todo esto.

El silencio ha sido el lenguaje oficial de mi familia, mi madre ha sido un eterno silencio, mi padre un triste silencio. Sólo mi abuelo habla, sólo él ríe, sólo él enciende su radio mientras estamos juntos y canta boleros de la era de la chispa. Mi abuelo habla incluso con los animales de la tienda... y dice que ellos le contestan. ¿Estará loco? O será simplemente que no quiere sentirse triste y solo.

Hace un par de días pude conversar con una persona que estuvo a punto de romperme la nariz y, aunque no lo logró (¡por suerte!), hizo algo muy importante: me abrió los ojos. Desde entonces he pensado mucho en ti. Bueno, ya antes pensaba mucho en ti, pero no te lo había dicho... ni siquiera había querido decírmelo a mí mismo. Me he dado cuenta de que ya no quiero vivir dentro de la jaula, ya no quiero tener miedo.

No sé si algún día quieras volver a visitarme, a mí me encantaría. Aunque Solón ya no está, quizá podamos volver a ser amigos. Ayer llegó un cachorro golden retriever que te encantará. Se llama Caramelo, pero como ya sé que odias los nombres cursis podríamos bautizarlo temporalmente como Jarabe, ¿te parece?

Ah, casi lo olvidaba... ya no creo que los besos sean lo que dice el documental de la tele, y me gustó mucho el chiste del niño despistado.

Te extraño, Francisca, y eso en mi idioma significa que me encantaría volverte a ver.

Julián

Cuando Francisca recibió ese mensaje, lo leyó y luego lo releyó. Además, lo imprimió. Después se encerró en el baño y lo volvió a leer en voz alta mientras dejaba correr el agua de la ducha para que nadie la escuchara. Luego lo leyó en la cama mientras escuchaba música con sus audífonos… o sea escuchó la carta con su propio *sound track* o "tema oficial de película".

Luego leyó el mensaje en el jardín, en el balcón mirando las estrellas, debajo de la cama mirando el polvo y las arañas, en el cuarto de planchar, en la salita de la televisión y en la cocina cuando no había nadie ahí. Eso quiere decir que lo leyó en toda la geografía de su casa.

Luego agarró el teléfono y llamó a Carolina para leérselo.

—Aquí dice: "He pensado mucho en ti". ¿Crees que eso signifique que ha pensado mucho en mí?

—Ay, Fran, por favor… eso significa que le gustas.

—Y aquí dice: "Ya no creo que los besos sean lo que dice el documental de la tele", ¿crees que eso signifique que ya no cree que los besos sean lo que dice el documental de la tele?

—Noooo, Fran, eso significa que la próxima vez que lo veas, él te clavará una mirada paralizadora con sus ojazos verdes, luego te tomará de la cintura y posará suavemente sus labios sobre los tuyos, mientras los pajaritos de la tienda entonan un romántico tema de Luis Miguel.

—Y aquí dice que "me echa de menos", ¿crees que eso signifique que...?

—No sé, Fran, por qué no vas donde Julián y lo averiguas tú misma.

Aquella tarde Francisca dijo que necesitaba comprar comida para Gato, y con eso sus padres no pusieron reparo a su salida de casa. Caminó rumbo a La Animalería y, al llegar a la esquina, sintió que las piernas le temblaban. Se agachó para mirarse en el espejo retrovisor de un auto estacionado y sin querer activó la alarma que comenzó a sonar y a gritar alternadamente:

—Ladrón, ladrón, uuah, uuah, uuah, ladrón, ladrón.

Cruzó corriendo la calle y se detuvo en la banca del parque para esperar que el escándalo se silenciara.

Entonces, vio que la puerta de la casa de Julián se abría, y se sorprendió al darse cuenta de que por ella salían a caminar Julián abuelo y Julián padre, ambos tomados del brazo y pareciendo reciclar sonrisas. El señor Aníbal, el vecino dueño de la panadería, se sumó a la caminata, llevando bajo el brazo una bolsa de galletas.

De pronto todo parecía rodeado de un halo de normalidad. Todo salvo las piernas de Francisca que continuaban temblando tan intensamente que parecía que en cualquier momento se levantarían solas y escaparían de su cuerpo. Pero además, en ese instante Francisca sintió que ya no tenía esa mariposita que durante semanas había aleteado en su estómago, ahora sentía como si un cóndor andino estuviera impulsándose para levantar vuelo.

Francisca respiró profundamente, se encomendó a todos los santos y cruzó la calle.

Al acercarse a la gran ventana de La Animalería descubrió que ahí, en la jaula que una vez había sido de Solón, se desperezaba un cachorro golden con el rostro más dulce del mundo.

Se agachó hasta que su rostro quedó al mismo nivel de la jaula, comenzó a tamborilear con sus dedos en el cristal de la ventana y el cachorro comenzó a ladrar.

Al rato la puerta se abrió. Julián estaba ahí; pálido como si no corriera sangre por su rostro. Con los ojos tan verdes que parecían dos limones a punto de estallar en jugo. Por el contrario, Francisca lucía como si los veinticinco litros de sangre que corrían por sus venas se hubieran concentrado en sus dos mejillas; toda una Miss Tomate.

—Se llama Caramelo —dijo él.

—Ya lo sé —contestó ella.

—¿Quieres verlo?

—Me encantaría.

Julián extendió su brazo para ayudar a que Francisca se pusiera de pie. Por primera vez sus manos se tocaban. Y claro... fue menos interesante de lo que ambos habían imaginado, la mano de Julián era una mano fría y sudorosa por los nervios, mientras que la mano de Francisca era una mano extremadamente caliente y sudorosa, también por los nervios. Tan pronto ella se incorporó, ambos separaron sus manos y discretamente las secaron en sus propios pantalones.

—Es un golden retriever —dijo él acercándose a Francisca a una distancia a la que jamás habían estado.

—Sí, lo sé —respondió nerviosa—, precisamente hace unos días vi un documental en la tele en el que...

—En el que qué —interrumpió él, más nervioso aún, pensando que ella haría referencia al programa de los besos y de los millones de bacterias.

Francisca se quedó mirándolo y casi pudo escuchar la voz de Carolina, como esos angelitos y diablitos de los dibujos animados, que se posan cada uno en un hombro, junto a la oreja de la persona que debe tomar una decisión, y comienzan a decirle cosas.

El angelito decía:

—No lo beses, Francisca, deja que él lo haga. Deja que él se esfuerce, que él dé el paso. No se lo pongas tan fácil.

Pero el diablito, o sea Carolina, decía:

—Dale, Fran, es ahora o nunca, si no lo besas ahora... conociendo la agilidad y rapidez que caracteriza a este chico, quizá pasarán mil años, y un día los arqueólogos del siglo XXX encontrarán los restos fosilizados de una niña de catorce años con los labios listos para un beso, y junto a ella aparecerá un chico pensativo convertido en piedra. ¡Bé-sa-lo!

Y, en esta ocasión, ganó el diablito.

Era un sábado que Francisca no olvidaría nunca. Caminó entre nubes de vuelta a casa. Sentía los labios al doble de su tamaño real, aunque los tenía como siempre. En más de una oportunidad se detuvo para mirárselos en los espejos retrovisores de varios autos. En más de una oportunidad las alarmas se activaron.

Pero hubo una alarma que se activó para siempre, una que Francisca sentía vibrar muy dentro de sí, y que le decía que el amor era posible. Que su historia no tenía por qué ser igual a la de sus padres, a la de su hermano Miguel o a la de la Caperucita Roja... Su historia sería sólo eso: su historia, y punto.

Ansiaba llegar a casa para contárselo todo a su amigo, a su compinche, a su confidente... a Miguel. Quería decirle que se sentía como un ratón no sólo frente a su padre, sino también frente a la vida; se movía con rapidez y esquivaba los malos ratos para dar espacio a los buenos.

Quería llegar a casa para llamar a Carolina y confesarle que ya no se sentía sola ni extraviada en el mundo... que tenía un cóndor en su estómago aleteando fuertemente y llevándola al cielo.

Al llegar a casa escuchó un sonido que le llamó la atención. Era un sonido maravilloso e inolvidable. Abrió la puerta, cruzó el jardín y al entrar a la casa se dio cuenta de que el sonido venía de su habitación. Subió corriendo con el corazón y el cóndor acelerados, al abrir la puer-

ta descubrió que un cachorro negro, con la cadera y las patas traseras cubiertas con una venda, ladraba insistentemente e intentaba con dificultad mover su cola. Era Solón, que había vuelto quién sabe cómo, después de dos semanas en que ella lo había creído ya en manos de otro dueño disfrutando de una vida muy lejos de la suya.

Lo abrazó con cuidado, le dio un beso en la nariz y, entonces, reparó en que, sujeto al collar, pendía una nota que decía:

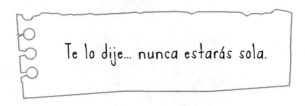

Te lo dije... nunca estarás sola.

En ese instante su padre entró a la habitación y Francisca lo miró con angustia. Ella tomó al cachorro con cuidado y lo colocó sobre su cama cubriéndolo, formando una barrera.

—No sé cómo ha venido a parar aquí, papá, te lo prometo, pero no dejes que se vaya, por favor, no dejes que se vaya otra vez.

Aurelio la miró, se acercó y le regaló una caricia.

—No —dijo él—, no te preocupes, Francisca, que él no volverá a irse nunca más.

Por el marco de la puerta apareció entonces Miguel, tomado del brazo de su madre.

—Hola, Ratón —dijo él—, te he echado mucho de menos.

Y Francisca ya lo sabía... esa frase quería decir: "Te quiero".

Cualquiera diría que esa casa parecía una pecera, pero una pecera de aquellas en las que el pez grande nunca más volvería a amenazar al pequeño.

Índice

María Fernanda Heredia

Nació en Quito en 1970. Es escritora. Desde 1994 escribe cuentos y novelas infantiles y juveniles. Ha recibido en cuatro ocasiones el Premio Nacional de Literatura Infantil y Juvenil Darío Guevara Mayorga, y en 2003 su obra fue galardonada con el Premio Latinoamericano de Literatura Infantil Norma-Fundalectura. Su libro *Por si no te lo he dicho* recibió en Estados Unidos el Premio Benny, en honor a Benjamín Franklin, un reconocimiento mundial para las artes gráficas. Sus libros son disfrutados por lectores en España, México, Brasil, Colombia, Argentina, Chile, Perú, Centroamérica y Estados Unidos.

Aquí acaba este libro
escrito, ilustrado, diseñado, editado, impreso
por personas que aman los libros.
Aquí acaba este libro que tú has leído,
el libro que ya eres.